何玲玲　王俊禄　方问禹　著

文润之江

在『浙』里倾听文化脉动

浙江摄影出版社

全国百佳图书出版单位

目 录

今天，我们踏着来自历史的河流，受着一方百姓的期许，理应负起使命，至诚奉献，让我们的文化绵延不绝，让我们的创造生生不息。①

习近平

（2006 年 5 月）

① 本书编写组编著：《干在实处　勇立潮头——习近平浙江足迹》，浙江人民出版社、人民出版社 2022 年版，第 234 页。

浙江一万年

总章

ZHEJIANG
YI WAN NIAN

上山考古遗址公园（吴拥军 摄）

考人类文明起源，皆循水而兴。

中国各个省份中，名字中每个字皆含"水"的，唯独一个浙江。

水润之江，灵秀婉转。

灿若星汉，亘古绵延。

作为中华文明的重要发源地之一，浙江拥有"万年上山、五千年良渚、千年宋韵、百年红船"的厚重历史，古迹遗存、文献典籍等文化资源更是浩如烟海。

浙江历史悠久，人文荟萃。一万年上山，稻作起源；五千年良渚，文明璀璨；两千年古越，精耕勤战；一千年宋韵，富庶繁盛；一百年红船，开天辟地。和合文化、南孔文化、阳明文化穿越时空，一代代浙江人继承、弘扬优秀传统文化，谱写出中华文明发展史上的壮丽篇章。

于是，远古猎人的号角、上山稻秆的拔节、河姆渡石器的敲击、良渚古城的水流、运河船夫的摇橹、南宋御街的叫卖、越剧婉转的唱念，和着东海雷霆般的潮声，或是杏花烟雨的呢喃，诸音杂糅，汇为一统，沧海桑田，万物兴替，在这片土地上交响演绎，浑然不觉已万年。

———

浙江"鱼米之乡""富庶之地"的标签由来已久，但说起历史文化，比起黄河文明"遍地秦砖汉瓦""脚步放轻，以免惊扰一个帝王梦"的灿烂，这个面积不大的沿海省份，在古文化领域的资源和成果一度被认为并不丰厚。

然而，随着人类脚步的延伸、文明遗存的破土，一些千古谜团被解开，浙江的悠久历史和璀璨文化"水落石出"，不断被证实，屡屡惊艳世人。

尤其 21 世纪以来，随着一系列重大考古发现的推进，在文化领域，浙江犹如一匹黑马呼啸而出，打破了人们的刻板印象。

考古学界泰斗严文明先生曾在一次会议上说，浙江的遗址名很有内涵，"从美丽的小洲（良渚）出发，过一个渡口（河姆渡），跨一座桥（跨湖桥），最后上了山（上山）。这是一条通向远古的诗意之路"。

其最独特的地位在于，她是"我国百万年的人类史、一万年的文化史、五千多年的文明史"的重要实证地。

1936 年，施昕更发现良渚遗址，拉开了浙江现代考古的序幕。80 多年来，通过考古，原被称为"蛮夷之地"的浙江成为世界稻作、蚕丝、茶叶、漆作、瓷器的主要起源地，全球最早或者最早者之一的独木舟、彩陶和水利系统的发现地，世界万年稻作农业之源，中华五千年文明之源，中国青瓷之源，极江南文化之盛，领海洋开发之先。

要全面了解这些历史文化，可以到落成不久的浙江省博物馆之江馆区参观。

　　翻阅浙江历史，可以从旧石器展柜开始。展厅中陈列着来自长兴七里亭、安吉上马坎的石制品。其中的砍砸器、刮削器、尖状器、石球，大致相当于现代人的斧刀、铲子、刀子和锤子。

　　2002年10月，浙江第一件旧石器时代的石核被寻获——安吉上马坎遗址赫然现世，填补了浙江境内没有旧石器时代遗址的空白。

　　风起于青蘋之末，这个遗址的发现似乎只是"前菜"。

　　更早的浙江古人类起点，发现于两年之后的2004年。当年，为配合杭长高速公路建设重点工程，浙江启动文物勘探调查，长兴县文物保护管理所率先在遗址中采集到一件燧石刮削器，由此发现了七里亭遗址。在后续的抢救性考古发掘中，出土石器数百件。

　　经古地磁断代测定，七里亭遗址的最早年代距今约100万年。2006年，该遗址入围全国十大考古新发现终评，受到专家广泛关注。

二

　　一粒稻谷，一眼万年。

　　走进位于浙江省金华市浦江县的上山考古遗址公园，刻有中国工程院院士袁隆平题写的"万年上山　世界稻源"的石碑，在金秋的稻浪中远远伫立，像是先民脚下这片土地上的一枚胸牌。

　　那么远，那么近，那么真切。

　　目之所及，是一粒又黑又秕、像小石子一样的稻米。在上山遗址距今11000—8500年的地层中，这几粒炭化的稻米，是目前发现的年代最早的人工驯化稻米。这些稻米，将国人最熟悉的主食——稻米的栽培历史，延伸至1万年前。

已故的浦江县委原常委、宣传部原部长徐利民，用自己的深信不疑，打消了无数来访者的将信将疑。上山文化遗址群陆续发掘了24个遗址点。遗址中发现了迄今已知世界上最早的稻作农业遗存，将长江中下游栽培水稻的历史上溯至1万年前。2006年，以上山遗址为代表的新石器时代早期文化被命名为"上山文化"。多年间，浙江金华、衢州、绍兴、台州等4个市的10余个县（市、区），陆续发现上山文化遗址，正抱团联合申遗。

身边是泱泱瀫水，耳畔是万年前人类的劳作声——那是农耕文明的先声。

旷野的风恣意西东，头顶的天空引人遐想：一颗古老的稻种，如何被风吹落在土地的褶皱里，如何被阳光雨露精心眷顾，又如何被先民发现，那时的欣喜是否可以追寻？

　　万年间，斗转星移，山河变迁，古老的稻种被嵌入了人类文化的基因。躬耕于土地上的人们，观察四季变化，聆听自然声音，在定居中交流增多，习俗和文化的种子也悄然发芽。

三

　　水，润泽万物，是文明之源。

　　另一方面，人与水的和谐之道，经历了漫长的斗争、磨合。

　　5000多年前，丰富的水资源为良渚先民发展稻作农业提供了支撑，但经常发生的水患也让他们深受其害。他们行动起来，通过拦水筑坝、开凿河道，建造起规模惊人的外围水利系统和完备的水路交通体系，保护了古城的安全，保证了生产生活资料的运输，使这片洪水常常肆虐之地成了非

良渚古城遗址公园（应召平　摄）

常宜居的良渚文明的政治、经济、文化中心。

后来的考古工作发现，良渚的水利系统非常复杂，甚至堪称"先进"。它既能对古城起保护作用，也能起到对下游进行灌溉、运输所需木材等作用。

这样的场景犹在眼前：阳光下，水面波光粼粼，良渚先民利用多条像良渚港这样的古河道，或疏浚山洪，或运输物资，以保证基建材料和生活必需品供给。多条古河道将聚落群周边水系与外围水利系统互联，形成一张运力强大的水网，在将大量石材、粮食等源源不断地运至古城的同时，也将城内的高端手工制品运往城外各地。

良渚古城及水利系统项目考古领队王宁远在其著作《何以良渚》中写道："良渚古城的南墙西门和东墙南门之间，今有良渚港穿过。我们曾分别在良渚港南北两岸的小山桥和响山两个地点，发现了良渚文化晚期的河岸堆积，说明今良渚港的格局在良渚文化的晚期就已经形成。"

从良渚文化时期的史前水坝，到传说中的大禹治水，再历经朝代更迭，发达的湖河水系和澎湃的台风海潮，既给这片土地带来恩泽，又带来轮番的威胁。

良渚有令人惊叹的水利工程，但又绝不限于此。

位于杭州市余杭区的良渚博物院，珍藏了5000年前的玉器、石器、陶器等各类珍贵文物，全面、立体、真实地展示了良渚古城遗址和良渚文化的考古成果、遗产价值，让文化传承可触摸、可感知。

良渚古城遗址是中国20世纪的重大考古发现，是实证中华"五千多年的文明史"的重要文化遗址。2019年良渚古城遗址申遗成功，标志着我国"五千多年的文明史"得到了国际社会的广泛认可。

四

从史前星火到古代辉煌，从近代变革到当代发展，浙江构建了"百万年的人类史、一万年的文化史、五千多年的文明史"，以及稻作、蚕丝、茶叶、漆作、瓷器、酿酒的主要起源地等文化谱系。

盘点浙江近些年的文化建设成果，可谓星汉灿烂，这也成为文化自信自强的坚实基础。

杭州西湖、中国大运河、良渚古城遗址入选世界文化遗产；江郎山作为"中国丹霞"系列提名地之一入选世界自然遗产；浦江上山遗址、余姚河姆渡遗址等得到系统性保护利用；浙江拥有"中国传统制茶技艺及其相关习俗""中国蚕桑丝织技艺"等 12 个入选联合国教科文组织人类非物质文化遗产代表作名录的项目，数量继续保持在全国第一梯队。

面对历史的馈赠，必须当好"传承者""守宝人"。

多年来，浙江省高度重视传承发展中华优秀传统文化，持续实施传承发展浙江优秀传统文化行动，不断推动中华优秀传统文化创造性转化、创新性发展。

钱塘自古繁华。探究今日之盛，"为有源头活水来"。

2003 年，浙江省委作出的"八八战略"重大决策部署中，其中一条就是"进一步发挥浙江的人文优势，积极推进科教兴省、人才强省，加快建设文化大省"。从 2003 年到 2024 年，浙江文化产业增加值占 GDP 比重从 3.80% 增长至 7.02%，打造出许多全国典型。

2005 年，浙江省委十一届八次全会作出了加快建设文化大省的决定，

明确提出实施文化建设"八项工程"——文明素质工程、文化精品工程、文化研究工程、文化保护工程、文化产业促进工程、文化阵地工程、文化传播工程、文化人才工程，构建起浙江文化建设的"四梁八柱"，一场省域层面繁荣发展社会主义先进文化的战略性、前瞻性实践持续展开。

20年间，浙江加快建设文化大省，打造新时代文化高地，加快建设高水平文化强省，不断健全文化体制机制、发展壮大文化产业、完善公共文化服务体系，担负起"在建设中华民族现代文明上积极探索"的时代使命。循迹溯源，习近平文化思想的许多方面，都能在浙江找到逻辑起点、理论原点和实践基点。

"只有全面深入了解中华文明的历史，才能更有效地推动中华优秀传统文化创造性转化、创新性发展，更有力地推进中国特色社会主义文化建设，建设中华民族现代文明。"

雨后江郎山（杨清泉 摄）

多年来，浙江积极参与"中华文明起源与早期发展综合研究"，牵头实施"长江下游区域文明模式研究""长江中下游早期稻作农业社会形成研究"等"考古中国"重大项目。以上山文化、河姆渡文化、良渚文化、越文化、吴越文化、两宋文化、青瓷文化等专题为引领，打造了"万年上山文化""五千年良渚文明"等一批浙江文化标识。

2025年初，浙江考古"启明星"计划不断取得阶段性进展：上山文化遗址群、钱塘江海塘等入选"中国世界文化遗产预备名单"，临海台州府城墙、上林湖越窑遗址等作为多省市联合申报项目也被列入了预备名单，仙居下汤遗址入选"2024年中国考古新发现"……

五

浙江是中华文明重要发祥地和中国革命红船起航地，习近平总书记考察时赋予浙江"在建设中华民族现代文明上积极探索"的重大使命。浙江更加积极主动地将自身工作摆到全国大局中去思考谋划和推动落实，在建设中华民族现代文明上积极探索、贡献力量。

2025年是习近平总书记部署实施文化建设"八项工程"20周年、提出"红船精神"20周年。近年来，浙江持续深化"八项工程"，更好肩负起新时代新的文化使命，加快建设高水平文化强省，文化软实力进一步增强。

加快建设高水平文化强省，浙江有基础、有优势，更有责任、有使命。之江大地上，文化遗产保护利用水平持续加强，文旅融合提质增效，全域旅游人数、旅游综合收入不断增长。积极发展文化体育事业，2024年，12

部浙产作品获第十七届精神文明建设"五个一工程"奖;"飞天奖""兰亭奖""中国美术奖""山花奖""荷花奖"获奖数全国第一;浙江健儿在巴黎奥运会、残奥会上获得奖牌数创历届之最。

浙江韵味、中国风采,一批文化名片吸引了全世界的目光。2025年央视春晚,杭州宇树科技的人形机器人以"文化+科技"的方式亮相,抢占变革时代的新赛道。2024年8月,诞生于杭州的国产3A游戏《黑神话:悟空》问世,掀起了热潮。《新龙门客栈》《钱塘里》等剧目激发了无数青年人对越剧的热爱。免费开放的"西湖模式"世界文化遗产保护管理实践获得联合国教科文组织授予的世界遗产保护管理荣誉证书,融合发展的"良渚方案"让良渚古城遗址成为全国唯一被列入世界文化遗产的新石器时代遗址,活态传承的"运河样板"为大运河保护传承提供了浙江经验。

以史明理、以文化人,之江大地有了更温润、更厚重的底色。近年来,浙江按照"既要物质财富极大丰富,也要精神财富极大丰富、在思想文化上自信自强"的目标要求,实施特色传统文化重点提升工程,推动优秀传统文化传承发展并全面融入社会生产生活。

文化和旅游是浙江的两张金名片。近年来,浙江不断深化创新融合,促进文化和旅游产业跃升。2024年,浙江先后发布跟着美食、考古、非遗、课本、"四普"(第四次全国文物普查)去旅行等主题游线,推广"美食+旅游""音乐+旅游""影视+旅游""赛事+旅游"。丰富的文旅精品带来了大流量。

"诗画江南、活力浙江。"浙江,正在开展公共文化服务提质行动,深入实施文化惠民工程,高质量建设了一批公共文化设施,高品质运行杭州国家版本馆、之江文化中心等文化地标，1.2万余个"15分钟品质文化生活圈"遍及城乡。创新实施文化特派员制度，省、市、县三级1500多名文化特派员和1500多个村结对，把文化的种子播撒到了广阔的农村天地。之江文化产业带、横店影视文化产业集聚区等高能级平台纷纷涌现，文旅融合提质增效、相得益彰。持续打造"浙江有礼"省域文明品牌，"浙风十礼"让每个浙江人都成为文明代言人，"礼让斑马线"的暖心举动让行人和司机共同感受法、理、情的交融。杭州亚运会前后，超1600万人次参与"我为亚运代言"等主题志愿服务，让"在浙江看见文明中国"更为具象、生动。

踏上加快建设文化强省的新征程，浙江决心负起使命、至诚奉献，全面激发文化创新创造活力，让绵延不绝的之江潮水见证新时代文化建设的澎湃涛声。

浙东运河绍兴段上的明珠——东湖（袁云 摄）

中华民族具有百万年的人类史、一万年的文化史、五千多年的文明史。这次参观考察中国历史研究院、中国国家版本馆，我更加深切感到中国文化源远流长，中华文明博大精深。只有全面深入了解中华文明的历史，才能更有效地推动中华优秀传统文化创造性转化、创新性发展，更有力地推进中国特色社会主义文化建设，建设中华民族现代文明。[①]

习近平

（2023 年 6 月）

[①] 《在文化传承发展座谈会上的讲话》，载《求是》2023 年第 17 期。

文明印鉴

第一章

WENMING
YINJIAN

西溪国家湿地公园（图源：西溪国家湿地公园生态中心）

上山，稻作文明的起源

"要加强对'上山文化'的研究和宣传。"

从 2000 年被考古学家揭开神秘面纱，多年来，浙江省全力推进上山文化考古研究、保护利用和宣传推广。特别是近年来，浙江省委、省政府把上山文化作为文化浙江建设的重要抓手，将上山文化遗址群保护利用纳入省"十四五"规划，写进了省委十四届九次全会报告、省政府工作报告等，确立了申报世界遗产的工作目标，努力将其打造成新时代文化高地中的高峰和充分彰显"诗画江南、活力浙江"的亮丽金名片。

2025 年新年伊始，一个好消息传来：上山文化遗址群被列入《中国世界文化遗产预备名单》，向申遗迈出重要一步。

溯源

何为上山？何以上山？

1 万年前，一个族群把脚印落在了位于浙江中部的金衢盆地，这就是上山人。多数洞穴人还在茹毛饮血时，上山人毅然告别了山林洞穴的生存模

式，走向平原旷野，开始筑屋定居，并形成村落。

2000年秋天，位于浦江县黄宅镇的渠南村（今上山村）迎来一批考古学家。不经意的一次试掘，出土了一些陶片，而之后的测年显示，其历史突破了1万年，从而让历史课本上的河姆渡文化"翻新"，史前史有了新的探索方向。

在此之后，基于对一系列相关遗址的发掘和认识，2006年，考古学界将这一类遗存命名为"上山文化"，从此开启了对上山文化的全方位研究。

上山遗址主要发现者、浙江省文物考古研究所研究员蒋乐平撰文说，经过考古调查与发掘，陆续发现上山文化遗址24处。其分布区域以钱塘江流域的金衢盆地为中心，向南至灵江流域。区域面积约2万多平方千米。这是中国乃至东亚地区迄今发现的年代最早、规模最大、分布最为密集的早期新石器时代遗址群。

迄今发现的世界上最早的人工栽培稻米、最早的彩陶、最早的定居村落……这些成为上山文化重要标志性遗存。透过这些标本，我们能窥见人类稻作农业起源之初的社会、经济与文化面貌。

走进坐落于浦江县黄宅镇的上山考古遗址公园，遗址内出土的稻谷遗存显现在眼前，它将长江中下游的稻作历史上溯至1万年前。遗址公园展示了上山遗址的考古成果，包括大量陶器、石器等文物，还复原了上山先民收割水稻、建造房屋等场景，让人们可以直观地了解古代人类的生活方式。

基于上山文化遗址开展的水稻起源研究，揭示了"水稻从野生到驯化的十万年连续演化史"，相关研究结果在国际权威学术期刊《科学》（Science）

上刊发，成果新闻发布会在浦江召开。《中国东部浙江上山遗址发现距今一万年的稻米酒》在国际知名学术期刊《美国科学院院报》（PNAS）上发表。

如今，上山文化内容被编入全国义务教育教科书《中国历史七年级上册》、义务教育教科书《地理七年级上册》（上海版）。"浙江考古与中华文明：万年上山·启源"全球云展荣获 2024 年度中华文物新媒体传播精品推介优秀项目，系浙江省唯一入选的项目。

我国著名考古学家、北京大学原考古系主任严文明曾表示，上山文化已明确了两个世界第一——稻作农业世界第一、彩陶世界第一。而严文明的题词"远古中华第一村"和"杂交水稻之父"袁隆平的题词"万年上山　世界稻源"，更是对上山文化价值内涵的高度概括。

驯化

笔者多次走进位于浦江县的上山遗址博物馆展厅，凝视展柜中陈列着的一个小小黑点——靠放大镜才能看到的黑点——一粒已炭化的米粒。正是在这粒炭化稻米中，考古学家看到了绵延万年的人类文化基因。

也因这粒稻米，上山遗址被认为是东亚水稻最早驯化地之一。

上山遗址记录了世界范围内农作物从野生、采集、驯化到农业起源最早、最连续的证据。早

上山遗址出土的万年米（图源：浦江县委宣传部）

在约 10 万年前，野生水稻就已在上山文化分布区域存在。

中国科学院地质与地球物理研究所研究员吕厚远曾统计，到 2020 年，我国有明确测年层位、成果公开发表的早于 1 万年的出土水稻的考古遗址只有两处：一处是江西省万年县仙人洞、吊桶环洞穴遗址，另一处就是浙江省浦江县上山文化旷野遗址。

学术界一般将农作物驯化过程分为三个阶段，包括野生采集、驯化前栽培、完全驯化。

2022 年，国际权威著作采纳东亚最早水稻驯化时间为 9400 年前，其证据就来自上山遗址。上山遗址不仅被认为是东亚水稻最早驯化地之一，而且被认为应该存在更早的水稻驯化过程。

如何证明上山先民已着手驯化水稻？研究人员的答案是，稻谷与稻秆小枝梗的连接部位——小穗轴可以作为重要证据。野生稻谷成熟后自然脱粒，稻谷脱落后，小穗轴和稻谷的接触面还很光滑。我们的祖先做的就是设法让栽培稻"忘记"自然脱粒，以便收割，因此，接触面上就有了人工脱粒的"疤痕"。

上山遗址出土的水稻的小穗轴，其接触面既有光滑的，也有带着"疤痕"的，正是人类驯化水稻过程具体而微的展示。上山不但有种植稻谷的遗存，还有收割、食用、利用稻谷的遗存，也就是说，这里具备了观察稻作农业起源的充足而完整的考古证据。

这粒稻米是如何完成令人惊艳的历史穿越的？可能是炊煮过程中，它偶然掉落在火塘边，于是被烧烤炭化，虽然残缺，但仍然保留了早期稻作农业的珍贵信息。

足印

作为中国境内乃至东亚地区发现的年代最早、规模最大、分布最为集中的新石器时代早期遗址群，上山遗址带给我们的惊喜远远不止稻米。

数万年前，有共同基因的现代人已经遍布世界各地。但距今 1 万年前后，只有少部分人群以突出的创新性驯化野生作物，完成农业革命，开启文明进程。中国的上山文化先民，正名列其中。

上山遗址被发现之前，同时期的遗址基本都是在洞穴中被发现的。

上山人走出的这一步，深深烙印在浙江，不仅仅留在目前发现的金华、衢州、绍兴、台州等地的 10 余个县（市、区）的 24 个原始村落中，还走过了 1 万年，走进了我们现在的社会，并仍将深远地影响着我们的子子孙孙。

考古学家发现，上山遗址选址非常特别——它坐落于两个小土丘上。上山文化的其他遗址也多半分布于靠近支流、远离干流的山前台地，地势平坦。正是在这样的平缓地带，考古学家发现了柱洞及由柱洞构成的建筑遗迹，其中一处更是由 3 列平行柱洞构成，当年其上很可能盖了木结构建筑。

在与浦江相邻的另一处上山文化重要遗址——义乌桥头遗址，考古学家发现了环壕遗迹。而在仙居县的下汤遗址，考古学家同样确认了"中心台地＋环壕"的聚落结构。上山文化遗址群的一系列发现证明，这里的先民在新石器时代已经走出洞穴，过上了定居生活。

农业革命是人类由从自然界直接获取食物到改造自然、驯化动植物、主动生产食物的划时代转变，不仅极大地提高了人类的生存能力，也直接引发了生活方式、社会组织和意识形态的深刻变革。

上山人已经懂得静待花开的道理。

对耕地的依赖，使得定居成为农业人群必然采取的居住方式。

定居的农业村落出现后，耕地和出产的谷物更容易转化为开垦者和耕作者的私有财产。比起狩猎和采集，农作物的收获更可预期，多一份人力、多一滴汗水，就可以多一份收成；农作物也更便于长期存储，在自然食物资源短缺时，为人类提供生存保证。

农业的这些特性，有利于私有财富的积累，但也更容易造成贫富分化。更稳定的食物来源，必然带来人口的增长、社群规模的扩大，最终推动社会组织的发展。

在2020年举行的上山遗址发现20周年学术研讨会上，与会专家进一步认定，上山文化遗址群构成了迄今发现的年代最早的农业定居聚落，上山文化可视为中国农耕村落文化的源头，上山遗址堪称"远古中华第一村"。

英国伦敦大学学院考古学教授傅稻镰（Dorian Fuller）在了解到上山考古的收获后，兴奋地作出判断："长江下游的定居时代无疑从上山文化开始，此后的持续发展，最终催生了文明。"同旧石器时代的社群相比，上山文化聚落的规模有了飞跃式的升级。有理由相信，这样的大量人口长久聚居会促生新的社会组织形态。

彩陶

上山文化遗址除了是世界水稻种植的起源地之外，还是世界最早的彩陶的发现地。

上山文化的彩陶，披着红衣，点缀着白色。

虽然上山文化的年代在距今11000—8500年之间，但当时的彩陶制作已非常精美，尤其是陶壶、陶罐流线型的设计和精巧的细节。

在上山遗址出土的文物中，大口盆标识性显著：大敞口，大部分是小平底，也有极少数有圈足、齿状足或乳状足，口沿及器腹上壁向外翻，口径大于通高，体量大，器壁较厚，造型古朴大气。

上山文化的神秘图符在跨湖桥文化中得到传承，除太阳纹、卦符外，还有"田"字形符号，体现了浙江地区远古彩陶文化的独特体系。

在义乌桥头遗址，多件精美的彩陶引起了学者的兴趣。大家普遍认为，这是迄今为止发现的世界上最早的彩陶，应当是中国彩陶文化的重要源头之一。

彩陶的发现，让学者对上山文化的丰富内涵有了更多遐想。

截至2024年底，浙江共发现上山文化遗址24处。这一规模庞大、分布集中的新石器时代早期遗址群，得到全球学术界的高度关注。

上山文化遗址出土的陶双耳壶（图源：浙江省博物馆）

2022年初夏，浙江省上山文化遗址保护和申遗工作专班第一次工作例会在浦江召开，上山文化遗址迈出正式申遗第一步。

浙江省文物局负责人介绍了上山文化遗址群保护和申遗工作情况，相关县（市、区）分别汇报了辖区内上山文化遗址保护和申遗工作情况，各申遗城市举行了联合申遗城市签约仪式。

这一次，以申遗为总目标，秉持"大上山"理念，为进一步加强考古研究，全力做好上山文化遗址保护申遗工作，各地拧成一股绳，全力擦亮"万年上山"这张金名片。

巍巍括苍山，浩浩灵江水。灵江上游有一个溪谷盆地，四面环山，中间平坦开阔，好像一个温暖的摇篮。这个摇篮孕育了一颗璀璨的明珠，考古学界将其命名为"仙居下汤遗址"。

2025年2月，仙居下汤新石器时代遗址入选"2024年中国考古新发现"。

畅想一下，在远古时期，这里还是水泊沼泽之地，水源丰富，林木繁茂，也有丘陵高地，便于居住。山林里藏着野兽，河泊里游着鱼虾，旷野上长着野果野菜，丰富的食源、便利的水源，为古人提供了生存所需。

2024年，是仙居下汤遗址发现40周年。1984年2月，下汤遗址被偶然揭开神秘面纱的一角。临水而居的史前聚落遗址，且上万年未曾断代，最令人称奇的是，下汤的地表下，一层层土壤犹如年轮，不同深度镌刻着不同年代的记忆。

2015年上半年，考古工作人员在遗址上挖了一个坑。他们发现最下面的文化堆积层，距今10000—8500年，属于上山文化；往上的堆积层，依次分属于距今 8000 年左右的跨湖桥文化；然后才是最先被定义的河姆渡文化；再是距今 4500—4000 年的好川文化，基本上和良渚文化晚期属于同一个时代；其后的历史遗存因受到破坏未能完整保存。

考古学家认为，下汤遗址保存了距今 10000—4000 年的各个阶段的文化遗存，几乎跨越了整个史前农业社会。这样大的跨度、这样齐全的文化序列，目前在浙江是唯一的。

考古工作人员在遗址中发现了大量石磨盘、石磨球，这些工具正是用来加工稻谷与野果的。同时，这里还发现了许多炭化稻米，在陶片里面也同样可以看到掺杂了很多稻壳，而且从炭化稻米植硅体的形态上看，已经具有了明显的驯化特征，可以看出下汤先民已经开始栽培水稻。下汤考古工作站的展厅里，摆放着出土的下汤先民使用过的器物。陶器种类繁多，有陶罐、陶盆、陶壶、陶碗、陶杯、陶盘、陶釜、陶豆、陶鼎等。用这些器物，先民可以贮存粮食，可以烧煮饭菜，可以盛放食品。

万年下汤，是一个历史的标杆，也是悠久厚重的中华文明的缩影。

在这里，我们窥见了人类的童年生活；在这里，我们看到了人类文明的曙光——它照亮了久远漫长的时光，并且还将继续照亮我们前行的道路。

万年稻香，人间烟火。距下汤遗址不远的杨丰山上，2000 多亩高山梯田如练似带，层层叠叠，高低错落。这里既是台州著名的优质稻米生产基地，也是浙江省"最美田园"。

如今，仙居县正在倾力打造下汤遗址公园，发掘、规划、征迁等各项工作稳步推进。这里所蕴藏的文化宝藏，将以更为惊艳的方式展现于世人面前，见证中华文明的奔流不息。

良渚，美丽之洲的呼唤

良渚，意即美丽的水中之洲。这是浙江省杭州市余杭区的一个地名，地处天目山东麓河网纵横的平原地带。

2025年大年初一，良渚古城遗址公园沙土广场上热闹非凡，"玉鸟腾飞祈福活动"正在进行。良渚文化志愿者与中外游客共百余人一同放飞有着美好寓意的"良渚玉鸟"，在新年的第一天，祈愿国泰民安、幸福顺遂。

随后几天中，《钟灵献瑞之迎春颂》沉浸式互动演绎秀上演，让代表华夏古老文明的《山海经》故事与良渚五千年文明在时空中相遇，为现场游客呈现了一场震撼的视觉盛宴，令大家在愉悦的氛围中共同迎接立春的到来，祈求新的一年风调雨顺。

这个蛇年新春，良渚古城遗址公园内举办了一系列精彩纷呈的文化活动，吸引众多中外游客参与，为大家呈上了一场体验良渚文化的春节盛宴，充分彰显"五千年中国看良渚"的文化自信。

就在不久前，2024年11月25日，来自60余个国家和地区的考古学家、作家、音乐家等300余名中外嘉宾，赶来良渚参加第二届"良渚论坛"，共同探讨人类文明的交流互鉴。

为什么是良渚？

当地时间 2019 年 7 月 6 日，阿塞拜疆首都巴库，联合国教科文组织第 43 届世界遗产委员会会议将中国申报的良渚古城遗址列入《世界遗产名录》。这意味着，良渚古城遗址所代表的中华"五千多年的文明史"得到了国际社会的广泛认可。

走进良渚博物院、良渚古城遗址公园、瑶山遗址公园、老虎岭遗址公园，5000 多年前的文物近在眼前，良渚文明的璀璨令人惊叹。从 1936 年被最初发现，到 2019 年成功申遗，被誉为"中华第一城"、实证中华"五千多年的文明史"的良渚古城遗址引发世界瞩目。

透过三个问题，良渚文明开始生动起来。

良渚古城遗址是如何被发现的？

杭州中心城区西北方向、距离西湖 20 多千米的良渚古城遗址所在地，早年是城郊的土丘与粮田。农民在田地里挖出老物件，不算稀罕事。当地人中也传说地下能挖出玉器，是珍贵的文物，但这也仅限传闻。

恢宏的良渚文明一直沉睡在地下，直到一位从本地走出去的学者回乡，在机缘巧合之中，敲开了这片遗址之门。

1936 年 5 月，西湖博物馆（今浙江省博物馆）和吴越史地研究会对位于杭州古荡的一个遗址进行发掘。本职是绘图员，但对考古兴趣浓厚的施昕更也参与其中。在一次整理出土器物时，一件有孔石斧引起了他的注意：在家乡良渚一带，盗坑附近常散落着石器及陶片，其中就有这种有孔石斧。

有孔石斧究竟属于哪个年代？相隔较远的古荡与良渚，为什么都有这种石斧出土？这是否意味着地下就埋藏着一片成规模的远古文明——这甚至是一个比夏朝还早的"国家"？这些疑问，让施昕更萌生了回良渚调查的想法。

随即，施昕更在家乡良渚展开了细心的考古调查，果然发现了大量石器和陶器。此后，他撰写了一份专题考古报告，详细介绍了良渚文物的发掘经过、收获，并提出颇有创见的看法。时年 25 岁的施昕更，点亮了良渚文明重现光芒的星星之火。

之后，良渚遗址的考古发掘与文化研究随着时事的急剧变化而一度搁浅，直至新中国成立。1959 年，时任中国社会科学院考古研究所所长夏鼐首次公开提出了"良渚文化"的名字。此后，良渚文化开始有了系统性研究。

1979 年，浙江省文物考古所（今浙江省文物考古研究所）成立。良渚地下的反山王陵、瑶山祭坛及贵族墓地、汇观山祭坛及贵族墓地、莫角山遗址等相继被发现。

自 20 世纪 80 年代起，考古人员在良渚 100 多平方千米的范围内发现了各类遗址 300 余处。1996 年，国务院批准公布良渚遗址为第四批全国重点文物保护单位。2001 年 9 月，浙江省批准设立了杭州良渚遗址管理区管理委员会。

2006 年 4 月，在距离良渚古城遗址直线距离不到 3 千米的港南村，有村民在建房时发现了两枚玉璧，遂向文保部门报告。后来，这个村发现了 9 座墓葬，出土了 200 多件玉器。

2007年，被学术界誉为"中华第一城"的良渚古城揭开了神秘的面纱。

2010年，考古学家在莫角山东坡发现一处因粮仓失火形成的废弃炭化稻米堆积坑，据测算，堆积的炭化稻米总量约2.6万斤。

2015年，在良渚古城遗址的西北部，中国迄今为止最古老的大型水利工程也现身了。

直至2019年，良渚古城遗址成为世界文化遗产，实证中华五千年文明之光的"中华第一城"走向世界。

良渚古城是如何建成的？

5000多年前，北至长江、南及钱塘江的地区，草木繁盛，水道密织，勤劳智慧的良渚先民在这片湿地上筑坝建城。

作为良渚社会的政治、经济、文化中心，古城遗址内可以窥见许多建造巧思：南城墙遗址展示点是目前良渚古城遗址核心区唯一一处完整展示城墙剖面结构的遗址点，其显示城墙下方用石块铺垫墙基，上方用黄色黏土堆筑，这可保证城墙筑于湿地中而不倒；莫角山上残留的房屋基址，均是先用土堆砌成高台，再在高台上建造房屋，能做到管它潮起潮落，屋自岿然不动。

良渚古城城址区占地约631公顷。

古城的西北方向有中国最为古老的一整套水利工程。它由一座长堤和一组10座高低坝组成，可以拦蓄约13平方千米的水面，总库容量约4600万立方米，具有防洪、灌溉、运输等多种功能。

考古学家研究认为，良渚古城的规划营建经历了4个阶段：营建初期，

良渚古城遗址公园（朱成琪 摄）

古城外东北部已有贵族墓地；随后，良渚先民大兴土木，营建宫殿，兴修水利，建王陵，设作坊，初步形成古城各区域格局；接着，良渚先民修筑城墙，营建古城内城；最终，良渚古城外城的营建标志着古城整体格局的形成。

良渚古城遗址内外分布着许多山——莫角山、乌龟山、卞家山、狮子山、塘山，许多其实是由人工堆筑而成的高台或小丘。

据测算，良渚古城遗址和外围水利工程所需的土石方量共计 1005 万立方米，而古埃及吉萨金字塔群所需土石方量则为 504 万立方米。

专家经测算认为，在良渚时代的早期，先民需要短时间堆筑起 1005 万立方米的土石方，即便 1 万人全年无休，每 3 人一天完成 1 立方米的量，也需要七八年时间才能完成。这需要巨大的社会动员能力。

何以实证中华"五千多年的文明史"？

考古发现，除了有发达的稻作农业，良渚先民还养殖家畜，渔猎采集，"饭稻羹鱼"的农业形态已经形成。

以稻米为主食，以猪、鹿为主要肉食，以鱼、螺蛳、蛤蜊等为水产，以甜瓜、菱角、葫芦等为果蔬，良渚先民的饮食丰富多样。

或繁或简的神人兽面纹，是良渚玉器最主要的纹饰主题，也是神崇拜最直观的表现。

完整的神人兽面纹，上部是头戴羽冠的神人形象，中间是圆眼獠牙的猛兽的面目，下部是飞禽的利爪。

神人兽面纹在良渚古城遗址内被大量发现，也遍布环太湖地区良渚文化的分布范围。专家认为，这种神人兽面纹在良渚文化的分布范围内都有发现，且形态高度一致，说明它可能描绘的是良渚先民共同尊奉的地位最高乃至唯一的神祇，标志着当时社会有着统一的精神信仰。

饮食丰富、社会动员能力强大、精神信仰体系成熟……良渚离文明还有多远？

在国际考古学上，文明有着严格标准的定义，它是人类物质生产、精神文化、社会组织发展到一定阶段产生的。文化的定义相对宽松一点，只要它的类型跟其他类型不一样，不管区域大小、人数多少、物质生产和社会组织能力发达程度高低，就是特定类型的文化。

如何判断某一地区的先民已经进入文明阶段？有人曾提出过"三要素"标准：城市、青铜器和文字。

由于直到殷墟时期才发现大量青铜器及铭记有文字的甲骨等遗物，因而有人认为中华文明应始于殷商时期。

在第43届世界遗产大会上，联合国教科文组织世界遗产委员会认为，良渚古城遗址代表了中国在5000多年前伟大史前稻作文明的成就，是杰出

的城市文明代表。

国际考古学泰斗、英国剑桥大学教授科林·伦福儒（Colin Renfrew）表示，精美的玉器、有规模的古城、宏大的水利工程，都表明良渚早在5000多年前就已是"一个组织度极高的社会或国家形态"。

这些都表明，国际考古学界判断文明的标准也在进步——进入了社会考古学的层面，进一步从人类学角度考虑，看它的社会结构是否复杂。

步入新时代，良渚文明之光越发璀璨，"五千年中国看良渚"的文化名片不断擦亮。

亚运圣火与良渚古城的相遇，是一个载入史册的璀璨时刻。

2023年6月15日，良渚古城遗址大莫角山上，形如良渚玉璧的采火装置汇聚太阳光束。片刻之后，杭州第19届亚运会火种成功采集，亚运圣火熊熊燃起。

火是人类文明的重要源泉。自良渚古城遗址开启亚运"薪火"相传，是人类文明传承的生动写照。

深知文化文明刻画着一座城市的灵魂，杭州将良渚古城遗址的保护、利用、传承与研究摆在突出位置，并把每年的7月6日设定为"杭州良渚日"。

浙江省政府批准成立的良渚遗址保护管理专门机构——杭州良渚遗址管理区管理委员会，作为杭州市政府派出机构，委托余杭区管理，其职责、使命是对良渚遗址开展全面系统的保护管理。

知其从来，方明所往。

坚持保护为主、加强研究阐释、创新活化利用、推动国际合作，浙江

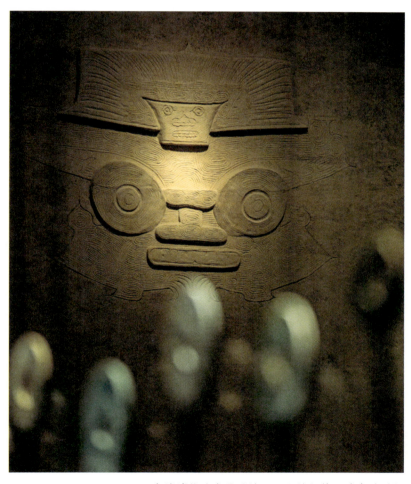

良渚博物院内展示的玉器上的纹饰（陈中秋　摄）

扎实推进良渚文化保护传承和高质量发展。

第二届"良渚论坛"期间，良渚国际考古中心正式揭牌。这一国际化平台将向世界介绍中国特色的考古研究方法，向国际发布最新考古成果，积极"走出去"与其他文化展开交流互鉴，并将聘请国际专家担任学术顾问，持续深化良渚考古研究。

宋韵，千年风雅的高光

在中国星汉灿烂的历史长河中，上承汉唐、下启明清的宋文化，集中反映了两宋时期的思想智慧、志趣旨归与社会风貌。

作为南宋腹心之地，浙江是宋文化盛极之时的集大成区域，是两宋文化遗存的富集之地。氤氲千年，学术思想开放活跃、艺术文化繁荣先进、人民生活优雅文明的宋文化，给浙江这方水土带来了深远影响，刻下了鲜明特质。

宋文化，究竟有何特质？为何能被缀以一个"韵"字？又为何到今天依然深受年轻人追捧，焕发勃勃生机？

美学、雅致、气韵，宋文化被认为是中国历史千年风雅的绝唱。

譬如宋瓷，就是中国美学史上浓墨重彩的一笔。名窑荟萃的宋瓷，崇尚自然、含蓄、质朴，讲究瓷身的坯胎、形体、纹饰、釉色，稍加刻画，便能塑造典雅韵味。

南宋王朝定都临安（今杭州）后，设立了两处官窑烧造瓷器，其中的郊坛下官窑位于杭州玉皇山南麓、八卦田东侧。

1992年，这里建起了一座南宋官窑博物馆，呈现了800多年前的场景：颇负盛名的南宋匠人，以极致的品质、独特的工艺、清雅的美学意趣，烧制独具韵味的青瓷珍品。

这是中国古代陶瓷发展之路上的一段经典。南宋官窑青瓷以其端庄大方的造型、精美内蕴的釉色、匠心独运的开片、细致纯熟的工艺，在陶瓷中独树一帜。

瓷片表面的网状裂纹装饰——釉面开片，以往是一种工艺缺陷，而南宋官窑的工匠创造性地将之作为美化瓷器的手段，从而使产品流溢出一种古朴而奇特的美。

茶器是宋瓷的一大类型，也是宋文化的一大载体。

宋代的文人雅士、官僚士大夫，大多喜欢喝茶。用淡雅的瓷器，泡开植物的嫩芽，是他们心中有山水的外在表现。

"点茶"是宋代流行的饮茶方式，具有浓重的仪式感和独特的美感。南宋时期画家刘松年的《撵茶图》，就展现了点茶的过程。画中一人，正在转动石磨碾茶，石磨旁放着茶帚。伫立于茶案边的人，左手持茶盏，右手提汤瓶，正在点茶。桌上茶筅、茶盏、盏托，以及茶罗子、贮茶盒一应俱全。画中右侧，一僧人伏案书写，两文士在旁观赏。画作展示了宋代文人"有雅集必有茶伴"的情景。

点茶、焚香、插花、挂画，在以文艺著称、被欧美学者称为"东方的文艺复兴"的时代中，"四艺"是融入当时文人雅士日常的生活方式。

注重写实的宋画，则是领略宋人风雅的绝佳窗口。

2022年9月，"盛世修典——'中国历代绘画大系'成果展"在国家博物馆开幕。历时 16 年，"中国历代绘画大系"项目团队联动全球 260 余家文博机构，在世界各地搜集、拍摄中国古代绘画成果，为 1.2 万余件（套）中国古代画作建起数字化档案。

《宋画全集》是"中国历代绘画大系"中的重要组成部分，收录了宋代各个时期的绘画作品。宋代是中国绘画史上的一个高峰，两宋画家不仅在技法上达到了高水平，更在题材和风格上有着大胆尝试和创新。

尤其南宋时期，中国古代绘画艺术达到了巅峰，其中的代表画家李唐、刘松年、马远、夏圭，被后世誉为"南宋四家"。他们的作品不仅展现了南宋时期画坛的繁荣景象，也为中国绘画的表现手法和艺术风格带来了创见。

论及中国传统文化，宋代当属高光时刻。国学大师陈寅恪曾说："华夏民族之文化，历数千载之演进，造极于赵宋之世。"

启于北宋、盛于南宋的宋韵文化，凝聚为一个时代的独特气质。

宋之韵，很具体。比如，日常生活的物质之韵，生产技术的匠心之韵，社会治理的秩序之韵，学术思想的思辨之韵，文学艺术的审美之韵。

宋韵文化是具有浙江辨识度的重要文化标识。两宋之际，浙江迎来了历史上文化发展的鼎盛时期。尤其南宋定都临安（今杭州）后，杭州作为政治和经济中心，辐射带动了整个浙江文化的发展。

对于杭州而言，历经千年积淀和传承，宋韵文化元素在时间长河里自然延伸，并重现华章。

2023 年 9 月开幕的杭州第 19 届亚运会上，宋韵光华大放异彩。

这届亚运会的色彩系统主题为"淡妆浓抹"，灵感即出自苏轼的诗句"欲把西湖比西子，淡妆浓抹总相宜"。色彩系统以"虹韵紫"为主，以"映日红""水墨白""月桂黄""水光蓝""湖山绿"为辅，呈现出中国色彩文化和杭州独特的气质。

花觚在战国时期是一种用于庆祝胜利的礼器与酒器，宋代演化为装饰性的瓷器，多用于插花。杭州亚运会花器整体造型灵感，就来自南宋时期的官窑花觚，瓶口起伏的水纹取自浙江山水诗意的韵律之美。

设计者张文说，宋代的艺术成就极大程度体现在瓷器中，且花觚通体的质感表现出宋代重要的美学理念之一——大道至简，这种理念跟现代设计的极简审美非常一致。

在杭州，近来最火的宋韵地标之一，当数德寿宫。

2022 年 11 月，经过 20 多年持续不断地考古发掘、复原研究、规划设计，南宋德寿宫遗址博物馆正式对外开放，并且迅速"出圈"。

德寿宫是宋高宗赵构退位后的居所，与南宋皇城遥相呼应。这座临安城中璀璨耀眼的宫苑，在地下沉睡 800 余年后，经由无数能工巧匠的精雕细琢，终于重现光芒。

敞开式的遗址展示加上高科技的交互体验，让稀缺的南宋文物有了崭新的"打开方式"，让年轻人直呼精美绝伦。

让文物活起来。德寿宫灯光秀，这几年受到许多年轻人追捧，它以光影灯光秀的数字展陈语言，创新讲述文物故事。

从战国时期的越王剑，到吴越国的石刻星象图，再到南宋的龙泉窑青瓷……来自浙江全省各家博物馆的"镇馆之宝"，在德寿宫灯光秀的五彩电光和古风音乐中一一呈现。

将展览空间由临街的德寿宫红墙转移至慈福宫广场，以仿宋建筑庭院及红墙形成围合式美学场景,通过"序梦入宋""千载遗珍""画境行游""宋梦余韵"这四个精彩绝伦的篇章,德寿宫生动再现了宋式画卷的意境与韵味。

建设新时代文化浙江工程,宋韵文化笔墨浓重。

浙江省提出,形成宋韵文化挖掘、保护、提升、研究、传承的工作体系。2022年6月,浙江省实施"宋韵文化传世工程",着力擦亮宋韵这张文化金名片,让千年宋韵在新时代流动起来、传承下去。

因南宋皇城建于杭城南部,杭州习惯以南为上,故皇城所在区块曰"上城"。自古,这里便是杭城的核心城区,被称为"杭州城的原点"。作为南宋文化、吴越文化、钱塘江文化的重要承载地,南宋皇城遗址的所在地,

德寿宫(吴方亮 摄)

上城区拥有全杭州超过一半的历史建筑、历史地段、历史街区和各级文物保护单位。

为擦亮"宋韵今辉"文化金名片，上城区全面推进"宋韵文化传世工程"，开启建设以南宋德寿宫遗址博物馆为代表的地标性项目，让千年文脉焕发光彩。

上城区聘请30位国内专家学者为首批学术咨询专家委员会委员，于2022年全面启动宋韵文化"八大形态"研究，充分挖掘宋韵文化的历史意义、精神内核和时代价值。

通过全方位宋韵文化资源调查走访、挖掘梳理，上城区列出全区757个基本文化元素，并精选"德寿宫""宋代玉器""南宋官窑""八卦田"等13个元素，形成一批宋韵IP（知识产权）资源库，为创造性转化提供资源依据。

千年清河坊，阅尽沧桑繁华。无论城市如何发展变迁，上城的吴山、河坊街、南宋御街，始终繁华依旧。

"风雅处处是平常"的宋式美学，尤其契合年轻人的审美标准。为充分发掘宋韵文化的内涵，上城"宋韵最杭州"传统风貌区精准研究挖掘宋韵文化"四雅四俗"的外延，再造勾栏瓦舍、鬓影簪花、蹴鞠捶丸、宋理讲堂、飨宴之礼等"南宋十二时辰"24小时体验载体，催生出一系列雅生活体验馆和雅产业，吸引了不少年轻人。

西湖，天堂之地的神韵

2025 年央视春晚的小品《借伞》赢得不少好评，唯美的西湖烟雨和动人的白蛇传说，尤其是分别饰演白娘子和许仙的赵雅芝、叶童的出场，让不少网友泪湿眼眶。伴随着经典影视歌曲在耳畔响起，三潭印月、雷峰塔、断桥、荷花映入眼帘，京剧、粤剧、川剧、越剧渐次登场，西湖之美再次惊艳世人。

许多游客慕名到西湖边追寻美丽传说，有的驱车数百千米，只为"打卡"西湖美景。官方统计，春晚过后的两天（正月初一、初二），西湖景区共接待游客 118.78 万人次。西湖边，随处可见古风装扮的游客，追随春晚剧情，呼朋唤友，拍下同款"借伞"场景。

西湖之于杭州，如少女之眸、飞龙之睛。

古往今来，四季轮转，文化西湖是一本读不完的书。

《之江新语》曾对西湖作出这样的评价："杭州西湖承载着悠久的历史，积淀着深厚的文化。西湖文化在杭州文化中有着独特的位置。在西湖四周，留下了吴越文化、南宋文化、明清文化的深刻印记，留下了无数文人墨客

的佳话诗篇，留下了不少民族英雄的悲歌壮举，留下了许多体现杭州先民勤劳智慧的园、亭、寺、塔。可以说，西湖的周围，处处有历史，步步有文化。"

"读你千遍也不厌倦。"西湖是融合了自然景观和人文景观的精妙"博物馆"，建筑和美学、科技和文化、历史和现实、自然和人文浑然天成，和谐统一。

清新五月，清晨五点，杭州西湖楚楚动人。铺天盖地的绿，百年樟树的香，让人有足够的理由起个大早。

"比平时早1个多小时出门，感受最新鲜的西湖。"苏堤上穿运动短袖的杭州市民曹先生，已经跑出了汗。

常年在白堤上放风筝的刘大爷，有着"主人翁"的心态，假期也比平时更早"出工"。

"早与晚、山与水、远与近、动与静，各有各的神韵。"身边聚拢的游客越来越多，刘大爷一脸自豪地介绍着西湖。

找最佳点位排队留影，用手机拍录如黛远山，驻足欣赏鱼翔浅底……游客必来"打卡"的西湖断桥，早早站满了人。

抬头望向不远处的宝石山，紧挨保俶塔的几块大石头上，也坐满了等待日出、俯瞰西湖的年轻人。

一年四季，西湖美景与故事流转变幻。

"碧云天，黄叶地""早秋惊落叶，飘零似客心""桐庭多落叶，慨然知已秋"……中国传统文化中，秋叶秋景寓意绵长。深秋时节的西湖，"落叶不扫"让一份诗意沙沙作响。

漫步在缤纷落叶上，人们沉醉于遍地绚烂的自然之美。

西湖边南山路上的中国美术学院门口，通体由落叶打造的大象滑滑梯、尖帽小人、"雪人"成了"网红"。2016年，中国美术学院师生发起秋叶艺术节，将落叶重塑成充满生命力的艺术品。

"如果说杭州是一首诗，那么西湖就是这首诗的魂。"2011年，联合国教科文组织官方微博写道。

同年6月24日，在法国巴黎召开的联合国教科文组织第35届世界遗产委员会会议上，杭州西湖文化景观被列入《世界遗产名录》。从此，西湖成为中国第41处世界遗产，这也是目前我国被列入的唯一一处湖泊类文化遗产。

"切实保护好、管理好、利用好西湖"，遵循这样的理念，融自然、人文、历史、艺术于一体，和谐相生，西湖成为更别具一格的文化景观，传递着东方的山水美学，也传递着中国的文化自信。

从浅海湾到潟湖再到内湖，西湖历经沧海桑田、历史积淀，成为文脉传承的重要载体。今天人们对西湖情有独钟，往历史追溯，就能发现一条绵延千年、穿越古今的文化脉络。

"未能抛得杭州去，一半勾留是此湖。""江南忆，最忆是杭州。山寺月中寻桂子，郡亭枕上看潮头。何日更重游？"

字句简约，却情真意切。在历代咏西湖诗中，唐朝大诗人白居易所作诗歌年代较早，且数量甚多，名篇佳句至今广为传诵。

白居易对西湖、对杭州的钟爱与牵挂，是出了名的。出任杭州刺史近两年间，这位"诗人市长"主持疏浚西湖，修筑湖堤，解决西湖周围千顷良田灌溉问题。

唐长庆四年（824）五月，白居易任满。离杭前一天，他特意到天竺寺、灵隐寺游玩，"唯向天竺山，取得两片石"，以作留念。启程那天，杭州城老百姓扶老携幼，前来送行。

当年修筑的湖堤已不复存在，但后人为了纪念他，把从断桥到平湖秋月的白沙堤称为"白堤"。

当年依依惜别的场景，至今犹在眼前。在离断桥不远的圣塘闸亭边上，有一组《惜别白公》群雕，白公指的就是白居易。

这组群雕有五人一马。其中白居易身着儒衫，微微前倾，抱拳作揖；面前三名送行的乡亲，居中的老者、左右的壮年人与孩童，都是满脸挽留之色；另一边，仆从牵着的马似乎嘶鸣着在催促赶路。

今天的游客，在书本里认识了白居易，又在西湖边与之偶遇，顿感亲切。《惜别白公》群雕里，白居易的袖子、仆从的肚皮及马蹄，由于反复被来往的游客抚摸，已露出了金黄色。

西湖水面的白堤与苏堤，让相隔约200年的白居易与苏轼，被联结在了一起。

中国文化史上的天才人物苏轼，曾先后两次到杭州任职，分别任通判、知州。当年，看到西湖逐渐被水草吞噬，沼泽化严重，他多次上书请求开浚西湖。

疏浚西湖挖出的大量淤泥，无处堆放，一度难住了工人。苏轼征求百姓建议后，决定用淤泥筑一条贯穿西湖南北的长堤，一者便利百姓出行，二者省却搬运之苦。

近 2.8 千米的长堤之上，修建着 6 座石拱桥以畅通水域，夹道种植了桃、柳、芙蓉。自此，西湖水面分为东西两部分，南北两山也得以连通。

这条长堤就是今天的苏堤。尽管堤面道路、植物已与当年不同，但苏轼的气息一直都在。

为了保持西湖大部分水域的开阔清澈，苏轼又计议在湖上造小石塔，禁止石塔以内的水域种植菱、荷、茭白之类。不久建成 3 座，后来演变为今天"西湖十景"之一的"三潭印月"。

"欲把西湖比西子，淡妆浓抹总相宜。"经由苏轼之笔，西湖又有了"西子湖"的别称。

吹白居易吹过的风，走苏轼走过的路，品陆游品过的茶，所到之处，文化典故俯拾皆是，眼前的山水也灵动了起来。怎能不爱西湖呢？

如果说李泌、白居易、苏轼等留下了塑造西湖风貌的政绩，那么进入 21 世纪，保护与传承则让西湖文韵迎来了高光时刻。

2002 年 10 月，杭州西湖南线景区免费向游人开放；次年，环湖以内所有公园全部免费昼夜开放。2007 年，首批国家 AAAAA 级旅游景区名单公布，西湖景区成为全国第一个不收门票的国家 AAAAA 级旅游景区。

多年以后，这一创举被视为历史文化景观在开放中加强保护与发展的经典案例。

2003 年，杭州开启西湖综合保护工程，此后共修复、重建 180 多处人文景点，逐渐恢复了明代西湖的西部水域。同时，挖掘和还原了许多西湖周边的历史文化景观，将西湖的园、亭、寺、塔与吴越文化、南宋文化、明清文化相结合，丰富了西湖风景区的历史文化内涵。

　　这一年，作为杭州市政府为民办实事之一的"西湖西进"工程全面竣工，50多个历史文化景点一一再现，让西湖重现300年前"一湖映双塔、湖中镶三岛、三堤凌碧波"的历史风貌。

　　处处有历史、步步有文化的西湖，与老百姓零距离，成为历史文化景观活态传承的典范。

　　2011年6月，杭州西湖文化景观正式被列入《世界遗产名录》以后，随着《杭州西湖文化景观保护管理条例》《杭州西湖文化景观"西湖十景"、

杭州西湖（吕海彬 摄）

代表性文化史迹保护规划》《西湖风景名胜区9大景区控制性详细规划》等相继编制实施，西湖文化保护步入法治与规划的轨道。

　　遵循《世界遗产公约》及相关决议，杭州市政府对西湖文化景观的保护不遗余力，比如协调各方关系落实了杭州香格里拉饭店东楼降层事项。10余年来，西湖边有近90个项目开展了遗产影响评估，其中不少因未通过专家评审而被叫停。

　　进一步还湖于民、还园于民、还景于民，近些年西湖周边建筑广泛转型，以文史展览厅、书画室、茶艺馆等新形象对公众开放，让普通老百姓

可进入、可消费。

一湖千年。在杭州人的心目中，西湖承载了丰厚的历史文化，是润物无声的精神家园。

白蛇传说、梁祝爱情、岳飞忠魂、济公活佛……这些故事与传说，已融入了西湖的文化基因中，成为西湖魅力的独特呈现。如今，以西湖为主题的文化活动层出不穷，吸引着众多国内外游客前来探访。西湖不仅见证了杭州的沧桑变迁，更成为连接古今、沟通中外的重要桥梁。从古时的自然演变，到各个历史时期的繁荣发展，西湖默默地见证并参与了这座城市的成长与变迁。

西湖之美，美在湖山与人文的浑然相融。古迹遍布，文物荟萃，重点文物保护单位镶嵌其中，为中国传衍至今的佛教文化、道教文化，以及忠孝、隐逸、藏书、茶禅与印学等文化传统的发展与传承提供了见证。它孕育了无数珍贵的文化瑰宝，为人类文明史留下了浓重的一笔。

湖光山色，东方美学。

烟雨不改，诗意隽永。

运河，润泽江南的文脉

静雅屋内，各色咖啡满室飘香；雕花窗外，拱宸桥横跨将近 400 年；古拱桥下，悠悠运河流淌千年……

北起北京、南抵浙江、从北向南纵贯而下的京杭运河，沟通海河、黄河、淮河、长江、钱塘江五大水系，是世界上开凿时间最早、规模最大、里程最长的人工河。

悠悠千年的大运河，不仅是一条航运河、景观河，更是一条生机勃发、文韵绵延的文化河。

大运河有 2500 多年历史，沟通融汇京津、燕赵、齐鲁、中原、淮扬、吴越等地域文化，以及水利文化、漕运文化、船舶文化、商事文化、饮食文化等文化形态，沿线形成了诗意的人居环境、独特的建筑风格、精湛的手工技艺、众多的名人故事以及丰富的民间艺术和民风民俗。

2021 年 10 月，国家文物局公布"百年百大考古发现"，其中与大运河文化带关联的文化遗址就有 21 处，这充分反映了大运河在人类起源、农业溯源、中华文明探源和发展等过程中都发挥了巨大作用。

整条大运河，就是一座"没有围墙的博物馆"。到今天，这里水脉、古迹与民俗文化交融，流动的、活着的文化遗产触手可及，散发勃勃生机。

新年伊始，京杭运河杭州段两岸挤满了"走大运"的人，和煦的阳光、流淌的运河、幸福的笑脸，寓意着好兆头。

初春时节，大运河水光潋滟。暖风渐起，正是惬意的时节，乘着悠然的运河水上巴士，往来武林门、拱宸桥、闸弄口——这是不少杭州市民热衷选择的通勤方式，日复一日，别有情致。

…………

曾经河水污染严重，沿岸居民连窗户都不敢开。如今运河两岸风光无限，焕发时代光彩。

在历史长卷中，杭州与运河几乎相伴相生：它既是航运水脉，更是历史文脉。

隋开皇九年（589），隋文帝杨坚完成统一后将州县制推行至全国，设241州，杭州为其一。这是"杭州"之名首见于史册。

21年后的隋大业六年（610），隋炀帝杨广便下令开凿江南运河，南部终点就选在了钱塘江边的杭州。

事实上，早在此之前，杭州所在的这片山水就以运河而兴。据《越绝书·吴地传》记载，吴越争霸时期的"百尺渎"即沟通太湖和钱塘江的人工水道。秦统一六国后，开通了从今嘉兴至杭州通钱塘江的陵水道。至隋炀帝下令开凿南北大运河、拓浚江南运河，大运河杭州段基本成形。

"东南形胜，三吴都会，钱塘自古繁华。烟柳画桥，风帘翠幕，参差十万人家。"北宋词人柳永所述的杭州繁华景象，一定与运河息息相关。

在古代，河流是交通运输干道，大运河则是国家级黄金通道。唐代，杭州依靠大运河通江达海，成为重要的通商口岸。南宋时期，江南漕运达到鼎盛，手工业、商贸业空前繁荣。明清时期，运河两岸官办粮仓集聚，形成"天下粮仓"之气象。

运河流经之处，古镇、古桥、古道、诗文、戏曲、民俗等自然生发，日积月累，积淀起深厚的历史文化底蕴。

杭州城内，运河文脉清晰可辨。大运河杭州段被列入世界文化遗产的点（段）共计 11 处，分别为拱宸桥、广济桥、富义仓、凤山水城门遗址、桥西历史文化街区、西兴过塘行码头等 6 个遗产点，以及杭州塘、上塘河、中河、龙山河、浙东运河西兴段等 5 段河道。

横跨京杭运河杭州段将近 400 年的拱宸桥，桥畔今天依旧满眼繁华，氤氲着书卷气与烟火味。

拱宸桥两旁，古朴的建筑与现代的高楼大厦交相辉映，古老的石板路与繁忙的车道共同演绎着古今交融的都市繁华。桥的一端由小街连通桥西历史文化街区，熙熙攘攘的商业街上，百年老店鳞次栉比。

保护大运河，就是保护城水相依、人水相亲的宜居家园，保护产城人文共生共荣的发展命脉。

1998 年，杭州率先提出"建设运河文化风景线"的构想。自 1998 年 5 月 20 日拱墅区杭州运河文化建设工程领导小组成立，到 2023 年 3 月 16 日拱墅区大运河文化带管理办公室揭牌，拱墅区将运河文化资源和区域经济、社会全面发展关联起来的实践，已进行了 20 多年。

其间，2014 年 6 月 22 日，中国大运河成功申报世界文化遗产，是大运河焕发时代新风貌的一大转折点。

民生涵养运河的灵魂。从浊到清，从无到有，得益于持续治理，京杭运河杭州段的水质从早年最差时的劣Ⅴ类，提升到最好时的Ⅱ类。

治水是系统工程，既要纲举目张，也要下"绣花功夫"。

2015年，《杭州市大运河世界文化遗产保护条例》编制工作启动。2017年，该条例实施后，运河杭州段110千米分为11个遗产点（段）进行"分类分段分级保护管理"，大运河环境治理也从水环境整治，延伸到有效衔接国土空间、水利建设、城乡规划等多方面的综合保护。

不仅被作为历史文脉加以保护，今天的大运河更承担着发展的使命。

2023年2月，杭州发布《杭州加快打造国际性综合交通枢纽城市实施方案》，提出建设"世界级内河航运工程"、贯通千吨级航道、高等级航道里程达到477.6千米等目标，其中的关键性工程就是京杭运河杭州段二通道。

这一工程是浙江省迄今为止投资最大的水运项目，总投资167.7亿元。运河二通道通航，相当于杭州多了一条水上公路，千吨级船舶可以满载货物从山东直达杭州，通过八堡船闸进入钱塘江。

放眼浙江全境，再向东追溯，京杭运河与东海之间，另一条运河同样熠熠生辉。

浙东运河肇始于春秋时期的山阴故水道，起先用于挡潮、排涝和农田灌溉，两晋时期与鉴湖、姚江、甬江的自然水道相接，形成一条横贯东西的航运通道。唐宋时期，随着农业、手工业、商业迅速发展，浙东运河进入通济天下的鼎盛时期，也成为海上丝绸之路的重要节点。

中国大运河之所以通江达海，正因为有浙东运河。

作为京杭运河的延伸段，以及大运河与海上丝绸之路联通的通道，浙东运河凝结着古代人民的杰出智慧，在中国和世界内河航运史上有着独特地位。

浙东运河贯穿宁绍地区，滋养着"没有围墙的博物馆"绍兴、"书藏古今、港通天下"的宁波，再向东流入大海。

走进浙东运河博物馆，人们看见"一部浙东运河宏伟史诗，一篇越地文化璀璨华章，一幅宁绍山水风物画图"，馆内展陈 2500 多年来浙东运河的工程体系、水运演变，以及其历史地位、技术创新与文化遗产价值。

同是航运河、景观河、文化河，浙东运河滋养着吴越文化。

京杭运河拱宸桥段（胡鉴 摄）

"一部运河演变史，半部绍兴人文史"的说法，刻画了运河之于国家历史文化名城绍兴的突出地位。

浙东之地自东汉鉴湖兴建，变荒芜之地为鱼米之乡；自晋，"书圣"王羲之在会稽山阴挥毫醉写，留下举世无双的《兰亭集序》；至南宋，陆游晚年归老鉴湖，留下众多稽山鉴水的诗词名篇。

今天沿着浙东运河走进古城绍兴，历史气息与现代文明灵动交融。

有"桥乡"之称的绍兴，700余座各色古桥连街接巷，五步一登、十步一跨。造型独特、颇负盛名的八字桥，建在绍兴古城主要水道与码头之间，4组踏跺连通4条街道，解决了复杂的水陆交通问题。站在八字桥上环顾，白墙黑瓦的民居错落有致，江南水乡的韵味尽收眼底。

蜿蜒悠长的石街，青石铺就的巷弄，鳞次栉比的商店……运河串起的绍兴古街，一半在岸上，一半在河里。放眼望去，人们依然能清晰地看见"白玉长堤路，乌篷小画船"的画面。

2020年4月，《浙江省大运河文化保护传承利用实施规划》发布，绍兴据此在原运河园的基础上，谋划建设浙东运河文化园（浙东运河博物馆）。目前，该文化园主体建筑已经建成，充分展示出绍兴河湖聚落之"美"、古桥纤道之"秀"、采石景观之"奇"。

一条古运河，两岸皆人家。浙东运河贯穿古今，滋养沿线城镇快速发展。随着迎恩门历史文化街区、上大路历史文化街区、东浦黄酒小镇等陆续建成，浙东运河两岸焕发出独特魅力。

迎恩门水街河段是浙东运河的重要组成部分，迎恩门一带也是绍兴古城最热闹的地方之一。改造建成的迎恩门历史文化街区，以1.5千米长的古运河为主线，传承绍兴台门院落的空间美感、一河一街的城市记忆，并融合打造品质生活社区、都市活力街区。

位于浙东运河绍兴段的古纤道，是古人行舟背纤，将瓷器、丝绸、茶叶、黄酒等物品运销海外的通道。今天的古纤道作为世界文化遗产点，正见证着更加绚烂的丝路繁华。

步入新时代，随着大运河国家文化公园建设成为国家重大文化工程，"河为线，城为珠，珠串线，线带面"，大运河沿线璀璨文化带、绿色生态带、缤纷旅游带建设火热推进，古老运河正焕发出新的生机。

从魏晋南北朝开始，随着北方移民的南迁，先进的学术文化和技术文明催动了浙江地区的快速发展。尤其是南宋定都杭州以后，风云际会，政治调整、经济更新、文化重建等各种要素的整合，将两浙地区的社会整体发展提升到了全国的最高水平，并在这个基础上造就了各领域的人才精英群体。到了明、清两朝，以及民国时期，浙江已经成了全国无可争议的财赋命脉和文化重镇。[1]

习近平

（2006 年 1 月）

---

[1] 《与时俱进的浙江精神》，载《浙江日报》2006 年 2 月 5 日。

历史遗存

第二章

LISHI
YICUN

越窑青瓷制作现场（袁培德 摄）

茶艺，一杯春天的味道

一排排茶树郁郁葱葱、绿意盎然，一芽芽茶尖嫩绿微黄、生机勃勃。采茶的姑娘们穿梭在一垄垄的青绿之间，指尖翻飞舞动，将清明之前最早一茬嫩芽轻轻采摘下，放入小茶篓中。

江南有嘉木，人生天地间。茶，有草木的气息，更有人生的况味。

北京时间 2022 年 11 月 29 日晚，我国申报的"中国传统制茶技艺及其相关习俗"，经委员会评审通过，被列入联合国教科文组织人类非物质文化遗产代表作名录。

本次入选的项目堪称我国人类非遗申报项目中的"体量之最"，共涉及 15 个省（自治区、直辖市）的 44 个国家级非遗代表性项目，涵盖绿茶、红茶、乌龙茶、白茶、黑茶、黄茶、再加工茶等传统制茶技艺，以及庙会（赶茶场）、径山茶宴等相关习俗。

消息传来，无数茶人欢欣鼓舞。

作为牵头申报省份，浙江有西湖龙井、婺州举岩、紫笋茶、安吉白茶 4 项绿茶制作技艺，以及庙会（赶茶场）、径山茶宴 2 项民俗活动入选，这些制茶技艺及相关习俗成为此次申遗的重要组成部分。

浙江是非遗大省，非遗保护工作走在全国前列。可以说，浙江做非遗工作，是"功在平时、贵在坚持"。

浙江各类茶很多，几乎每个地方都有拿得出手的区域名茶，与茶有关的民俗活动也不少，能选送6个项目，有其独特的优势和基础条件。

首先，这些都已经是与茶叶相关的国家级非遗代表性项目，涵盖了中国传统制茶技艺与相关习俗在江南产区的代表性形态。比如，以西湖龙井为代表的绿茶是中国茶叶生产史上，出现最早、存在时间最长、产区范围广、品类众多、消费人群最为广泛、影响最深的茶类。浙江是中国绿茶生产重点省份，绿茶产量占全省茶叶总产量的90%左右。如今，浙江已发展成为全球绿茶生产、加工和出口的中心，更是赢得了"中国绿茶看浙江"的美誉。

此外，浙江的高校、科研院所、社会组织、文旅项目等，与茶有关的元素俯拾皆是。比如，有我国唯一以茶和茶文化为主题的国家级专题博物馆——中国茶叶博物馆，有中国农业科学院茶叶研究所、中华全国供销合作总社杭州茶叶研究所、杭州市农业科学研究院茶叶研究所等专业茶展示和研究机构，有中国国际茶文化研究会、浙江茶文化研究会、浙江省茶叶学会、中国茶叶学会等提供智力支持的研究型社团，还有越红茶院、龙坞茶镇、松阳茶香小镇、磐安玉山古茶场文化小镇等茁壮发展的茶旅企业。

茶为国饮，杭为茶都。提到西湖龙井，它那扁平光滑、色泽翠绿的茶叶，以及泡出来的浓郁且香醇的独特茶香让人久久不能忘怀。

西湖龙井作为我国的十大名茶之一，孕育于得天独厚的自然环境间，凝聚了西湖山水之精华和西湖茶人之智慧，被誉为"绿茶皇后"。

龙井茶（王宁　摄）

追溯西湖龙井茶，据考证其有1200多年的历史。唐代已有天竺、灵隐二寺产茶的记载，龙井茶之名则始见于宋代，到了明代，它走入寻常百姓家，一直到清代，又以卓越的品质成为茶中之首。相传乾隆皇帝游览杭州西湖时，盛赞西湖龙井茶，并把狮峰山下胡公庙前的18棵茶树封为"御茶"。

西湖龙井茶，素以"色绿、香郁、味甘、形美"四绝著称。它与西湖一样，是人、自然、文化三者的完美结晶，是西湖地域文化的重要载体。

小学语文课本中，有叶圣陶的《记金华的双龙洞》一文。婺州举岩茶，又称"碧乳"，就产于金华双龙洞附近的鹿田村一带，为历史名茶。

举岩茶的制作始于唐，兴于宋，盛于明清，是唐五代时期的十大茗品之一，也是明清时期皇家的贡品。李时珍在《本草纲目》里，更是把婺州举岩列为名茶之一。婺州举岩茶制作上经过拣草摊青、青锅、揉捻、二锅、做坯整形、烘焙、精选储存等7道工序精制，斤片方细，味极甘芳，煎如碧乳。

浙北的湖州长兴，盛产紫笋茶，紫笋茶又名"顾渚紫笋"，是中国传统名茶。其名由唐代陆羽《茶经》中"紫者上，绿者次；笋者上，牙者次"的记载得来。无论是形状，还是颜色，紫笋茶乃"上品中的上品"，"茶圣"陆羽称它"芳香甘辣，冠于他境"。紫笋茶制作技艺在长兴一带代代传承，带有当地特征又独具自身特色，在绿茶制作技艺中占有重要地位。

近些年，频频"出圈"的还有安吉白茶。安吉白茶是一种烘青型的变异白化树种绿茶名品，其炒制过程主要包括采摘、摊放、杀青理条、初烘、摊凉、复烘、收灰干燥等工序。安吉白茶外形挺直略扁，形如兰蕙，色泽翠绿，白毫显露。冲泡后，清香高扬且持久。品之，滋味鲜爽，饮毕，唇齿留香，回味甘而生津。

庙会（赶茶场），是浙江省磐安县之地方传统民俗，源远流长，承载着深厚的文化底蕴。其中"春社"之期是农历正月十五前后。此时正值良辰美景，场面热闹非凡。当地茶农身着盛装，仪态庄重，齐聚茶场，虔诚祭拜"茶神"真君大帝，以表对他的尊崇与感恩。与此同时，茶场内社戏之声悠扬，灯笼光影摇曳，迎龙灯活动气势磅礴，诸多民俗文化活动精彩纷呈，尽显传统之魅力。至于"秋社"，时间是农历十月十五前后，其活动风格独具一格。茶农与百姓满怀秋收之喜悦，手提新茶与各类货物，从四方八面纷至沓来，汇聚于茶场，就此形成规模盛大的传统庙会。其间，三十六行、叠罗汉、抬八仙、骆驼班、铜钿鞭和大花鼓等民间艺术表演令人目不暇接；迎大旗、迎大凉伞等民俗活动更是气势恢宏，场面震撼人心。

2008 年 6 月 7 日，庙会（赶茶场）经国务院批准，被列入第二批国家级非物质文化遗产代表性项目名录。这无疑是对其独特文化价值与历史意义的高度认可与肯定，更为其传承与发展注入了强大动力。

造纸，厚重历史的载体

2023年，复旦大学新生收到了特别的录取通知书——以新开化纸为书写载体。薄薄一张纸片，凝结着厚重的历史传统和科学底蕴。

2017年底，复旦大学科研团队成功"复活"失传已久的开化纸工艺，复活的新开化纸已接近古纸水平，纸张保存寿命可超过千年。

伴随人类文化的觉醒，薄薄的一页纸，成为承载厚重历史的载体。

青山环绕、绿水长流的浙江，是中国古代四大发明之一——造纸术的传承之地。当那些被岁月轻抚过的纸页被风吹动时，沙沙的翻页声好似在呢喃着一首古法造纸的歌谣。

富阳湖源，小满开山。恭听《祭蔡伦文》、上供品、行九叩之礼……2024年，富阳竹纸开山启动仪式在湖源溪畔的茂密竹林间举行。湖源的竹纸匠人们在富阳竹纸制作技艺非遗传承人李文德的带领下庄重上香，感恩大自然的慷慨馈赠。

每年小满，竹山上露头的毛笋褪去粗糙的外壳，长成鲜嫩的毛竹，此时的毛竹就是制作富阳元书纸最好的材料。开山仪式，开启了新一年元书

纸制作季。

一张纸，从小山乡走向大世界。

富阳元书纸，自古是纸中上品，在宋代就名扬天下，有"富阳一张纸，行销十八省"的记载和"京都状元富阳纸，十件元书考进士"的美谈。

近年来，富阳坚持"保护为主，抢救第一，合理利用，传承发展"的非遗保护工作方针，积极推动富阳竹纸生产性保护，同时注重区域内古法造纸遗迹的发掘保护，在湖源、大源、灵桥等乡镇发现多处清末民国初的造纸作坊遗址，尤其泗洲造纸作坊遗址的发现，有力地证明富阳造纸及技艺在全国手工造纸史上的悠久历史和重要地位。

一本线装节目单，静静地躺在大源双溪村逸古斋的画案上。

采用古法造纸技术制作的一级元书纸，用玉如意作为开合扣，用真丝绸面作为护套，纸本内页均印有黄公望《富春山居图》底纹山水画。节目单上，除了介绍"潮起亚细亚"开幕式主题、文艺表演"国风雅韵""钱塘潮涌""携手同行"三大篇章、点燃亚运会主火炬仪式情况、主题歌《同爱同在》及主创团队名单等内容外，还有单独一页——用中英文介绍节目单用纸，中文如下：

　　富阳竹纸制作始于唐，兴于宋，迄今已有千余年历史，被列入首批国家级非遗名录。

这几年，富阳竹纸频频"出圈"，不仅成为杭州第19届亚运会开幕式线装节目单用纸，还成为杭州亚组委（亚残组委）感谢信用纸。

元书纸的传承和发展离不开匠人们的坚持和智慧，从小山乡走向大世界，富阳竹纸烙上亚运印记，尽显杭州文化韵味。

此外，在富阳竹纸基础上仿制加工的用于北京故宫养心殿、御花园修复的墙纸原纸，经故宫博物院古建部专家鉴定，是目前国内仿制最接近原迹的宫廷银印花纸。

一群人，让非遗竹纸变文旅爆点。

非遗文化在湖源生根开花的背后，是深耕造纸事业、推动竹纸文化发展的非遗匠人和对湖源本土文化有着别样情怀的传承人与后备军在不懈努力。

随着开山节的启幕，新一年的造纸产业开局伊始，湖源的传承人在继续保护、发扬非遗文化的同时，也着力于将传统技艺变为旅游爆点。他们通过开辟研学线路、结对良渚博物院等渠道，把文化创意、休闲观光产业与竹纸产业相融合，逐渐打响富阳元书纸的名气，带动当地村民走向共富。

一张纸，从非物质文化遗产产品到走向文旅发展，这一路的发展足迹离不开场馆载体的建设。

时间退回到 2008 年，富阳境内 320 国道改建时，一处千年前的遗迹——宋代泗洲造纸作坊遗址重见天日。这是我国迄今为止发现的年代最早、规模最大、工艺流程最完整、规制等级最高、活态传承最悠久的造纸作坊遗址。

2022 年 7 月，富阳区启动对泗洲造纸作坊遗址周边约 66 万平方米区域的考古勘探，在 2008 年原有遗址分布面积约 1.6 万平方米之外，新发现约 4 万平方米的造纸和古河道遗址，与之前发现的古法造纸遗迹、火墙、宋代铭文砖、"库司"铭文碗底等文物印证补充，进一步提升了泗洲造纸作坊遗址的文化价值。该遗址因此入选"宋韵杭州十大遗迹"。

依托考古发掘，富阳对泗洲造纸作坊遗址历史地位、文化遗产价值、宋韵文化传承等开展课题研究，聘请中国科学技术大学、复旦大学专家团队开展联合申遗前期调研，举办首届泗洲纸文化节，同时委托浙江省古建筑设计研究院编制保护规划和考古遗址公园专项规划，积极推进泗洲中国古代造纸遗址综合保护复兴项目。

2023 年 10 月 18 日，泗洲中国造纸遗址博物馆项目在杭州市富阳区银湖街道凤凰山北麓开工，项目用地面积 57570 平方米、建筑面积近 1.6 万平方米，计划于 2026 年完工开馆。这意味着，杭州将多一座全国性专业造纸博物馆。

泗洲造纸考古遗址公园效果图（图源：杭州市富阳区泗洲中国古代造纸遗址综合保护复兴项目推进领导小组办公室）

　　该博物馆建筑外观设计以"纸落云烟"为灵感，轻盈灵动、外形协调，选材低碳环保。建筑外立面则采用玻璃幕墙设计，透明玻璃中间夹杂着富阳元书纸，将纸元素充分融入建筑特色之中。

　　博物馆内将包含竹纸制作研学体验中心、中华纸库、古籍修复中心等多个功能区块。在遗址保护棚内，还将通过数字化等技术手段展示遗址的发现、发掘、研究等过程和科技保护等措施，还原宋代泗洲造纸作坊完整的工艺制作场景。

　　一座"有纸史可研学、有古迹可观看、有光影可感闻、有活动可参与"的国家级造纸遗址博物馆将在不久的将来，出现在富阳这片土地上，向更多人讲述一张纸跨越千年的历程。

越剧，演绎人生的悠扬

"唐有教坊，宋有勾栏，清有芥子园，民国有前辈义演《山河恋》欲建专属剧场。感恩我们生逢盛世，有缘在小百花越剧场承续历史、创造历史……"

2019年9月25日，浙江小百花越剧院所属的小百花越剧场开幕的前一天，剧院全体演员行梨园之仪——拜台，并朗读拜台词。

这座外形如蝴蝶展翅，坐落于青山脚下的现代建筑，在规划与建设之初便已引人瞩目，建成后更成为杭州城的又一处文化地标。

百年越剧作为中国第二大剧种，在新时代绚丽绽放。

2023年，浙江小百花越剧院上演的越剧《新龙门客栈》收获了现象级的传播。一年完成167场次，场场爆满，观众给出了大麦9.5、猫眼9.7、豆瓣8.4（皆为10分制）的高分认证。凭借出色表演，青年越剧演员陈丽君、李云霄获得了广泛的关注和赞誉。

购票观众中，大多此前从未接触过越剧。可以说，正是这部创新推出的优秀作品，让传统戏曲走进了年轻一代人的生活，让更多青年人认识越剧、喜爱越剧、传承越剧。

《新龙门客栈》的"破圈"，在意料之外，亦在情理之中。这部以年轻主创为核心的越剧作品，表达形式上的创新自然是亮点，但收获广泛认可、有口皆碑而"出圈"的关键，仍然在于"旧中有新，新中有根"。

"我们的表达方式，永远是从中国戏曲最传统的'四功五法'而来，是从我们中国传统的戏剧精神中来。"浙江小百花越剧院名誉院长、著名越剧演员茅威涛说。在2023年版《新龙门客栈》中，传统戏曲的根脉元素无处不在，手眼身法、出将入相等都有中国传统戏曲隽永的写意之美。

小百花是浙江越剧创新发展的一个缩影。近年来，浙江各大越剧院团纷纷对传统剧目进行改编，既保留了越剧的婉转唱腔和细腻表演，又通过现代舞美、灯光和多媒体技术，让老戏焕发新颜。比如，浙江小百花越剧院推出的《我的大观园》利用全息投影技术，将大观园的繁华与衰败展现得淋漓尽致，让观众仿佛置身其中。

在新的起点上继续推动文化繁荣、建设文化强国、建设中华民族现代文明，是我们在新时代新的文化使命。

越剧，这个发源于浙江嵊州的百年剧种，正迎来它的第二个百年。从田间地头的说唱艺术，到登上世界舞台的精致表演，越剧走过的历程不仅是一部艺术发展史，更是一个中国文化传承创新的生动写照。在新时代的浪潮中，越剧以其独特的艺术魅力和创新精神，展现出强大的生命力，成为传统文化创造性转化和创新性发展的典范。

"守正创新"是中华优秀传统文化绽放时代光芒的根本动力。

嵊州，自先秦时期便属于越国，唐宋时期归属越州管辖，故称"越地"。

从这片土地出发，越剧一步一步地从一个江南小剧种，发展成为具有全国影响力的大剧种。

在嵊州当地，越剧的前世今生被梳理得十分清晰。

1863年前后，嵊地天灾人祸并行，民不聊生，创造了"四工合调"的金其炳仿照新春时"扫地佬送元宝"的形式，沿门挨户卖唱，来换取粽子、年糕等口粮，这就是沿门唱书的最初形式。

随着唱书受到欢迎，艺人们进入城镇茶楼演唱，沿门唱书逐渐发展成为"走台书"。此后至20世纪初，艺人们运用"五色嗓音"演唱，实现了行当和角色的区分。

20世纪40年代，"越剧十姐妹"风靡整个上海滩。她们以不同的唱腔风格、各异的演绎方式，凭借在当时时髦的上海滩都堪称新锐的剧目和剧情，不断推动越剧的改革和发展。

新中国成立以后，以上海为核心区域，越剧迎来了自己的黄金发展时期——越剧人主演了新中国第一部彩色戏曲影片，编创出新的唱腔，还创作出了一批有重大影响的艺术精品，如《梁山伯与祝英台》《西厢记》《红楼梦》《祥林嫂》等，在国内外都获得了巨大声誉。

再次走进"越剧之乡"嵊州，越音袅袅犹胜当年。

2025年春节，小城嵊州早早沉浸在喜庆氛围里。街头巷尾、村里村外，"村越"（乡村越剧联赛）是绕不开的话题；互联网上，比赛短视频屡屡"出圈"，草根明星你方唱罢我登场，好不热闹。

"村越"火爆"出圈"，整个嵊州都被带动起来。2024年，嵊州"村越"大赛吸引15个乡镇街道2000多名选手报名参加，从小孩子到"老戏骨"

乌镇大剧院中，浙江小百花越剧院献演音画越剧《梁山伯与祝英台》（吴元峰 摄）

都踊跃站上舞台。

作为越剧诞生地，嵊州老百姓对越剧的热爱刻在骨子里。今天的嵊州人，无论男女老幼，依然能轻松哼唱出几句有腔有调的越剧唱词，这是渗透进基因里的文化传承。

近年来，嵊州大力推进越剧文化的传承和发展，率先成立越剧文化发展专项基金，从基础设施入手，修复了一批古戏台，新建、改建了100多个越剧戏迷角。当地将越剧文化与旅游产业深度融合，打造了"越剧小镇"这一文旅品牌。小镇内，古色古香的戏台、越剧主题民宿、非遗手工艺体验馆等吸引了大批游客，成为嵊州旅游的新亮点。

同时，当地还定期举办越剧演出和体验活动，游客不仅可以欣赏到原汁原味的越剧表演，还能穿上戏服，学习越剧唱腔和身段。尤其在数字化浪潮下，嵊州越剧也积极拥抱新技术。2023年，嵊州推出了"数字越剧博物馆"，通过虚拟现实技术，观众可以在线欣赏越剧表演，了解越剧历史。此外，嵊州市越剧团还开通了抖音和B站账号，发布越剧短视频和进行直

播，吸引了大量年轻粉丝。通过新媒体平台，越剧不仅走进了年轻人的生活，还让更多人感受到了传统文化的魅力。

"越剧的根在嵊州，但它的未来属于世界。"从田间地头到国际舞台，从传统戏台到数字云端，嵊州越剧在传承中创新，在创新中发展。它不仅是嵊州的文化符号，更是中华传统文化的瑰宝。

越剧代有人才出。20 世纪 80 年代，浙江从全省戏曲院团 2000 多名青年演员中选拔出一批越剧新秀，进行为期一年的严格训练。越剧"小花"们学成后组建浙江小百花越剧团，在浙江各地巡回演出，所到之处皆盛况空前。

在几代"小百花"的推动下，越剧之花香飘全中国，热爱越剧之风席卷海内外。鼎盛时期，越剧专业剧团遍布各地，初步统计超过 280 个，业余剧团更是成千上万。

站在保护优秀传统文化的高度，浙江各级党委、政府的重视与支持，让越剧发展之路越走越宽。

2023 年，浙江省出台《加快推进越剧繁荣发展五年行动计划（2023—2027）》，提出通过两年努力，将浙江建成全国越剧传承发展的核心区域和文化交流中心，形成越剧艺术振兴发展的工作体系，创作一批重量级的越剧传世精品；培育一批享誉国际的越剧艺术院团；打造一支德艺双馨的越剧人才队伍；深挖一批影响广泛的越剧文旅 IP；将越剧艺术打造成为浙江重要的文化标识，成为浙江文艺精品高地建设的标志性成果等目标。力争到 2027 年，产生一批有重大影响力的越剧精品，在本土越剧人才队伍建设上实现新突破。

　　把握越剧"出圈"势头，浙江进一步推动越剧文化走到更远处、走近年轻人。

　　浙江卫视（中国蓝新平台）打造越剧春晚，Z视介戏曲频道打造"越"来越好新春越剧大拜年——岁末年初的两场各具特色的越剧晚会，在线上线下都激起了一波"越韵"热潮。

　　2025年农历蛇年正月初二，越剧春晚如约而至。以"'越'迎乙巳，'越'有意思"为主题，本届越剧春晚的剧目和形式更加丰富，以当下审美对话传统文化，观众好评如潮。

　　越剧传播历史上第一次全年龄段、全行当、全流派亮相，与文化和旅

2024年9月29日晚，第二届嵊州"村越"现场盛况（图源：嵊州市委宣传部）

游部"当科技遇见戏曲之美——戏曲焕新·乙巳蛇年直播"并机15分钟，在国家级文旅平台强力推送越剧文化，联合腾讯探索展现越剧动画AIGC（人工智能生成内容）创制、戏曲角色AI（人工智能）换脸变装……连续举办三届的越剧春晚，越来越出彩，不断擦亮越剧文化IP。

近些年，浙江越剧多次走出国门，赴美国、日本、新加坡等国家和地区演出，向世界展示中国传统文化之美。越剧不仅成为浙江的文化名片，也成为中华文化对外交流的重要载体。

青瓷，不灭窑火的传承

2025 年第一个周末，不少游客选择到龙泉市溪头村，参加村里的"开窑纳福"活动。

溪头来头不小，它是入选联合国教科文组织人类非物质文化遗产代表作名录的"龙泉青瓷传统烧制技艺"的传承地，保存着世界上规模最大的活态古龙窑群。

装坯满窑，吉时已到，窑主弯下腰来，将火送进窑口。泥土和石块，与炽热的窑火相碰，以期化身为晶莹如玉的青瓷。一年一度的春烧点火仪式开启，百年古龙窑再次点燃。

打造活态非遗项目，并与文旅有机融合，溪头村每年都会举行 20 多场龙窑烧制活动，还常态化地演绎龙窑瓷器烧制情景剧，让游客能近距离感受龙泉青瓷传统烧制技艺的魅力。

入夜时分，华灯初上，走进丽水西街，古朴的街巷与淳厚的匠人，被一团团柔和的灯光笼罩着，有一种久违的恬淡与悠然。

两旁的店铺里不时传来叮叮当当的锻打声；临街的拐角处，还可见青

瓷工匠在为瓷器上釉。

"老街在城里，不仅可以卖青瓷，也能让更多人了解传统技艺。"夜色将近，工匠带上家中新近烧制的青瓷，来到西街的铺子。古街上有不少与青瓷相关的店，有的主打青瓷文创产品，有的将青瓷文化和书店、咖啡吧跨界结合，吸引众多年轻人。

青翠欲滴、温润如玉，龙泉青瓷始于三国两晋时期，盛于宋元，被誉为"瓷海明珠"。不灭的窑火，像灿烂的星河，在龙泉这片土地上缓缓流淌、生生不息。

历史上，龙泉青瓷作为海上丝绸之路的主角，是国家外贸出口的主要产品。今天，龙泉青瓷抢抓"一带一路"历史性机遇，以全新的姿态走向世界舞台。

说起龙泉，它是国家历史文化名城，以生产青瓷著称。分布在这里及

龙泉窑制瓷作坊（张有钢 摄）

周边庆元、云和、武义等地的规模庞大的古代窑址，共同支撑起了龙泉窑系。

20 世纪 70 年代以来，丽水地区陆续发掘了一批三国两晋时期的古墓，墓内出土的瓷器与越窑瓷器略有差别，被推测为龙泉窑早期的产品，这将原先被推断为源于五代越窑秘色瓷的龙泉青瓷的历史向前推进了 600 多年。

宋元之际，龙泉青瓷的烧制进入鼎盛时期。

按照宋人顾文荐编撰的《负暄杂录》和叶寘编撰的《坦斋笔衡》记载，又依据遗址出土实物以灰黑胎为主，更多信息指向北宋官窑可能在龙泉。

南宋时，龙泉烧制出晶莹如玉的粉青釉和梅子青釉，这使得龙泉青瓷的发展达到顶峰，前后持续辉煌了数百年。

此时，由于全国政治、经济重心南移，加之北方的汝窑、定窑遭战争破坏，南方的越窑、婺州窑、瓯窑相继衰落，南宋统治者为解决财政困难，鼓励外贸。因此，龙泉窑进入鼎盛阶段，新的制瓷作坊大量涌现，产品质量不断提高，窑场超过 260 处，遍布县境南区和东区沿溪一带。

元代，龙泉窑仍旧呈现不衰的生产规模，其器型多硕大、厚重，与游牧民族粗犷、豪放的性格相匹配，以炉类样式为代表。

明中后期至清代，龙泉窑走向衰落。随着皇室品味的改变，龙泉窑重产量轻质量，此时的器物厚重粗拙，瓷胎呈灰色，釉层薄而透明，纹饰以堆贴花和刻花最为盛行。

到 20 世纪初，龙泉青瓷窑火几乎熄灭，窑址群废弃为一片荒丘，只留下遍地的碎瓷片。

千余年的烧制过程中，龙泉窑形成了以哥窑和弟窑为代表的窑址。宋代五大名窑之一的哥窑多出产黑胎厚釉瓷器，以开片闻名；弟窑则多出产白胎厚釉、釉色青碧柔和的瓷器，其中，粉青和梅子青是传统青瓷釉色之美的代表。

2009年，"龙泉青瓷传统烧制技艺"正式入选联合国教科文组织人类非物质文化遗产代表作名录，也是中国陶瓷界至今唯一入选的项目。

龙泉被誉为"中国陶瓷文化的重镇"，素有"一部中国陶瓷史，半部在浙江；一部浙江陶瓷史，半部在龙泉"之说。当地匠人以本地瓷土、瓷石为原料，取瓯江清水，以烈火淬炼，创造出独具韵味的青瓷艺术。这种被誉为"如玉类冰""饶玉影青"的瓷器，历经千百次窑火洗礼，呈现出千峰叠翠般的色泽，凝聚着中华民族的智慧结晶与审美追求，传承千年而不衰。

为系统展示这一珍贵文化遗产，龙泉青瓷博物馆于2010年正式开馆。作为全国唯一专门展示龙泉窑发展历程与制作工艺的专题博物馆，馆舍占地面积达10000平方米，珍藏古代瓷器文物近5000件。馆内设有"青瓷的记忆——龙泉窑的发展历史""瓷海明珠——龙泉窑风韵""土与火的交响——龙泉窑制瓷工序及特色"等十余个主题展厅，全方位呈现龙泉青瓷的艺术魅力与文化内涵。

"言念君子，温其如玉。"古人以"瓷"仿"玉"，出自龙泉窑的青瓷屏扇色泽如玉，最有温润的感觉。如今，作为文化名片的青瓷走出龙泉，迷人的青瓷翠色以更多样的方式，为更多人所知。

从历史中走来的青瓷，将文化基因持续注入龙泉的未来。

龙泉不到30万常住人口中，约有1.6万人从事青瓷行业，各地慕名前来学习青瓷烧制技艺的人更是络绎不绝。在龙泉，传统的青瓷制造业已经转变为集生产制作、艺术品创作、技术研发、产品销售及文化推广等功能于一体的综合性产业。

青瓷烧制技艺的传承面临新的机遇。当地政府设立了青瓷非遗传承基地，开办青瓷技艺培训班，吸引了来自全国各地的学员。年轻一代传承人将现代设计理念融入传统工艺，创作出既传统又现代的青瓷作品。

文旅融合为青瓷文化传播开辟了新路径。龙泉推出了"青瓷＋"旅游线路，游客可以参观古窑址、体验制瓷工艺、购买青瓷文创产品。青瓷文化节、青瓷设计大赛等活动的举办，进一步提升了龙泉青瓷的知名度和影响力。

青瓷文化的国际传播也成效显著。龙泉青瓷多次参加国际陶瓷博览会，在法国、日本、韩国等国家举办专题展览，还多次作为国礼被赠送给外国政要，成为展示中国文化的重要载体。

龙泉青瓷，不仅是传统文化的守护者，更是创新发展的践行者。在传统与现代的交融中，青瓷这一文化名片正以更加青春的面貌走向世界。未来，龙泉青瓷将继续以其独特的魅力，讲述中国故事，传播中国文化，在新时代绽放出更加绚丽的光彩。这千年窑火，必将照亮文化传承与创新发展的新征程。

我们要深入挖掘、继承、创新优秀传统乡土文化。要让有形的乡村文化留得住，充分挖掘具有农耕特质、民族特色、地域特点的物质文化遗产，加大对古镇、古村落、古建筑、民族村寨、文物古迹、农业遗迹的保护力度。①

习近平

（2017 年 12 月）

---

① 《加强文化遗产保护传承　弘扬中华优秀传统文化》，载《求是》2024 年第 8 期。

古风新韵

第三章

GUFENG
XIN YUN

清河坊（程方 程晓 摄）

紫阳街，活态保护样本

到此地的人，常听当地人自豪地用两句原创诗句褒扬家乡：早年流行的是"千年台州府，满街文化人"；如今，又多了一重演绎——"左手书卷气，右手烟火味"。

"贴切！"但凡在紫阳街上走一个来回，听者往往颔首称是。

比幽闭古城多一份热闹，比"网红"新秀藏更多底蕴——千年古韵与时代新风交织，让这座江南城市别具魅力。

2024 年，临海台州府城接待游客 2345 万人次，再创历史新高；多次位居"5A 级景区品牌传播力 100 强榜单"全国前列、浙江第一。

老街

自南向北，一条古朴的青石板路，经历千年的风雨洗礼早已斑驳。这条千米有余的古街两侧，大多为明清时期的建筑，其中还不乏宋代遗风，寄存着江南独有的那一份古色古香。

临海紫阳街，被称为"活着的千年古街"。古街附近仍有数万名原住民在此居住，延续着传统的街坊生活方式。穿过熙熙攘攘的人群，视线聚焦到街道对角线方向的玻璃门上，依稀可见缝纫机前婆婆从容缝布的身影；偶然钻入一条小巷，错过一局棋战，却看胜者已在爽朗的笑声中渐行渐远……

这里，有纪念宋代南宗道教始祖张伯端（紫阳真人）的石碑、紫阳桥和紫阳坊。由举人吴执御、彭世焕、王如春、章应科、徐子瑜5人于明万历十九年（1591）立的五凤坊，遗址尚在。

紫阳街两旁的水井是紫阳街古迹的一大特色。古井中，有建于明清、历经两三百年风雨沧桑的，也有建于民国时期的，俱富有江南水乡特色。各眼水井深度不同，一般在3米余，水味甘甜，水色明净，冬暖夏凉，哺育了一代代人。

其中，最引人注目的要数紫阳井和千佛井。紫阳井，为纪念紫阳真人而建，坐落

临海紫阳街（何玲玲 摄）

在樱珠巷9号对面。人们至今仍在井边洗衣、洗菜，每逢夏天，还会将西瓜放在篮中，浸入水井里冷却，这样吃起来比放冰箱里更爽口。

在紫阳街，每相隔百丈就有一堵由大块青砖砌成的坊墙。这是前人用心设计出的别具一格的特色建筑——坊墙高三丈余，宽五六丈，有高丈余的拱门，能供人行、通马车，还具防火功能，故又称"防火墙"。坊墙上刻有坊名，共有悟真坊、奉仙坊、迎仙坊、清河坊、永靖坊5座坊。如今，它们已成为街区的一道风景线。

紫阳街及周边街巷历代名人辈出，除紫阳真人张伯端外，还有陈函辉、王观澜等。有的故居如今尚在：有官至礼、兵二部尚书，与徐霞客结为挚友，写下"生为大明之人，死作大明之鬼"的忠臣志士陈函辉的故居；有明代进士陈员韬、陈选和举人陈英3人曾居住的三大夫坊；有在新民主主义革命时期，跟随毛泽东参加农民运动和土地革命，后成为"三农问题"专家的王观澜的故居；有在新民主主义革命时期参加革命斗争，在南京雨花台英勇就义的郭凤韶烈士的故居和纪念馆。

难怪冯骥才曾在《老街的意义》中写道："一个城市由于有了几条老街，便会有一种自我的历史之厚重、经验之独有。"人们爱老街，也是因为里面藏着生活节律，能触摸到历史的温度。

古城

"江山留胜迹，我辈复登临。"

蜿蜒约5000米的台州府城墙有"江南长城"之称，最早可追溯至东晋时期，距今已有1600多年历史。

"江南长城"不仅是军事防御的屏障，也具有防洪的功能；它是全国重点文物保护单位，也被赞誉为北方明清长城的"师范"和"蓝本"。

从揽胜门而始，沿北固山山脊逶迤至烟霞阁，直抵灵江东岸，延伸至巾山西麓，"江南长城"依山而筑，俯视大江，雄伟秀丽。

不过度进行人为干预，往往是对文物最好的保护。

从城墙上一路走来，可见敌台、瓮城、马面、古炮等众多古迹，人们如同穿行在一幅历史长卷中，耳边犹有马蹄声、枪炮声、呐喊声。

城墙上不少细节引人注目：有的石砖上刻着窑工姓名，有的刻着制造日期，还有的刻着吉语或数字符号。

就在古城墙一侧，青砖黛瓦的再望书苑映入眼帘。书店所在的小楼融

临海紫阳街（何玲玲 摄）

入周边古朴的建筑中，并不突兀。推门而入，一层是供应咖啡、轻食的吧台，高脚凳上坐着三三两两的年轻人；二层是阅读区，原木色书架上摆着多种类型的书籍，大大的落地窗透进了自然光。

"再望"的寓意是，不妨停下来、再看看。坐在书店里可以看到"长城"，在"长城"上也可以看到书店，与凝结着临海文化历史积淀的"长城"对望、思考——"阅读长城"，正是书店的设计理念。

古城从不封闭，而是热情拥抱新潮。

2022年7月，台州府城文化旅游区获批成为国家AAAAA级旅游景区。"江南长城"以崭新面貌汇聚青春力量，吸引越来越多的年轻人来到临海生活、创业。

兴善门下，一群年轻人被吉他手即兴演唱的歌声吸引，围坐聆听。扎堆的老店之间，一家"网红"咖啡店引入台州府城传统小吃元素，推出草糊咖啡冻拿铁等创意咖啡，受到消费者热捧。

紫阳街上业态丰富，有60%是经济业态，其中约25%为传统文化业态，约35%是新引进的年轻业态。

走进紫阳街岭根草编店，可以看到，屋里挂满了蒲扇、筐箩、草帽、手提包、花瓶等各色草编工艺品。木质结构的堂屋，加上淡淡的青草气息，为小店营造出温馨怀旧的氛围。

从草编、剪纸到羊岩勾青、木杆秤制作技艺，从黄沙狮子、临海词调到戚家军巡城文艺演出，各种历史遗存不是躺在博物馆里的陈年旧物，而是古今融合、活在当下的传承。

相遇

2024年11月7日晚，临海市回浦中学男篮以88∶86战胜南京市第九中学男篮，夺得第二十届中国中学生篮球锦标赛（高中男子组）总冠军，这也是回浦中学在该项赛事上获得的首个全国总冠军。此前的2023年，在耐克中国高中篮球联赛决赛中，回浦中学战胜清华附中，时隔7年再夺全国总冠军！少年英雄凯旋，古城以花车巡游的方式迎接他们。其实，早在20世纪30年代，回浦中学校篮球队就获过浙江省冠军，让小城居民引以为傲。

追溯历史会发现，敢拼敢闯的勇士精神，一直流淌在这座城市人民的血液中。历史上，临海是抗倭英雄戚继光"九战九捷"成名之地。到了当下，热衷体育赛事，成为一座城与一城人共同筑起的精神高地。

在当地党委、政府的推动下，文旅体育等部门以柴古唐斯括苍越野赛、安基山滑翔伞国际邀请赛、临海尤溪极限铁人三项挑战赛等国际品牌赛事为牵引，打响了"中国户外运动之城"的城市品牌，临海年均举办体育赛事超过110场。

近些年，众所周知的与临海有关的人和事，还有享誉全国的中餐品牌"新荣记"，因戏曲《新龙门客栈》大放异彩的"临海囡囡"李云霄，等等。

斑驳的砖墙见证时光变迁，从朱熹、戚继光到朱自清、王观澜，文化印记至今依旧清晰。

"燕子去了，有再来的时候；杨柳枯了，有再青的时候……"1922年春，年仅24岁的朱自清，应浙江省立第六师范学校校长郑鹤春的聘请，只身来临海任教。也是在那一年，他在临海写下散文名篇《匆匆》，于1922

年 4 月 11 日发表在《时事新报·文学旬刊》上，感叹："我们的日子为什么一去不复返呢?"

初到临海城，他讶异于临海的冷静与幽寂；但当他徐徐向前，看见临海青绿的北固山时，一下子身心都沉醉在美景中，心境也变得开朗起来："那时我真脱却人间烟火气而飘飘欲仙了！"

临海的春日、清秀的山水、校园内的紫藤花，都给朱自清留下诸多美好的回忆，后来他也曾在《一封信》中提道："我不忘记台州的山水，台州的紫藤花，台州的春日。""我对于台州，永远不能忘记！"

"永远不能忘记"，是朱自清对临海最真切的感念、最真诚的肯定和最真挚的报答。

临海是朱自清文学道路上的一处重要驿站。在这里，他完成了生命中的一次破茧化蝶，走向新生，也在此找到了人生的"一条路"——一条属于他的艺术之路、哲学思想之路，抑或说是他一生作为民主战士的奋斗之路。

同样，临海也没有忘记朱自清。

在当地党委、政府和文学界人士共同努力下，临海创设了"朱自清文学奖"。来自全国各地的文学大咖、专家学者汇聚一堂，共襄盛举，沿着朱自清先生的足迹，重走紫藤花路。

在临海，朱自清已经成了城市的符号和印记，深深镌刻在文化基因图谱中。当地还将其"刹那"的驻足铸就成了穿越时光的标志：前身为浙江省立第六师范学校的台州中学（西校区）校园内，设立了佩弦楼、"匆匆"墙、朱自清先生半身铜像和紫藤花廊作为纪念；台州中学师生为了纪念这位伟大的文学家，将学校的文学社团命名为"紫藤花文学社"。

文坛巨匠，匆匆而去，背影长留。紫阳古街上，朱自清背影墙绘与古街一起，见证府城的繁荣与沧桑；佩弦湖畔，新的朱自清纪念馆开工建设，珍藏下朱自清与临海的点滴过往，将成为这座小城的文化符号……

古城、老街，抚慰着每一个与之相遇的人。

"秤（称）心如意！"永利木杆秤店门前，各色工艺小秤吸引了许多游客驻足。60多岁的店主蔡雪贞拿着一把小锤，在老旧斑驳的木板桌上敲敲打打，现场制作木杆秤。作为门店第5代传人，蔡雪贞安静地守候在紫阳街上，将开了160多年的门店和制秤手艺传承下去。

海苔饼百年老店门前，排起了长长的队伍。这种当地特色小吃，皮薄馅多，口感酥松，香气浓郁。刚出炉的海苔饼，在街口就能闻到其香味。

紫阳街的南端，连接着气势雄伟的"江南长城"。每逢假日，旌旗招展，游人如织，更上层楼，抬眼远眺，东湖园林温婉秀丽，滔滔灵江奔腾向前。夜幕降临，街头音乐会氛围火热，"网红"咖啡馆里悠然惬意。

在保护提升历史遗存进程中，如何赢得当地居民的拥护和支持？这往往是不少历史文化名城遇到的现实难题。

自2004年9月起，临海市政府对紫阳街区进行了保护性修缮，过程中仅小部分居民外迁，且老衖始终没有兴建高楼大厦。目前在临海，包括紫阳街在内的台州府城范围内仍生活着2.8万名原住民。

把古城搬空重筑，是最简单的方案，但这样只会留下一个空壳，没有市井韵味。在"迁"与"留"之间，临海选择把居民留下，并提出"主客共享、旅居相宜"理念，实现景城融合，打造"活着的景区"。

建设台州府城墙博物馆，号召市民参与"我为名城献一砖，万民修复古城墙"活动，出台实施《台州府城墙保护条例》，将每年 5 月 10 日设立为"台州府城墙保护日"……临海古城保护与发展，既注重"形"的修复，又突出"神"的传承。

复兴

跻身国家 AAAAA 级旅游景区后，以紫阳街、"江南长城"为代表的台州府城"流量"突破历史纪录，传统文化、特色美食、创意文旅等不断"出圈"。

为了让风景常看常新，临海抓住"晋级"国家 AAAAA 级旅游景区的机遇，全方位推介"千年府城""山海水城""宋韵文化""中国宜居城市"等城市名片，出台一系列补助政策，吸引影视文化类、青年文创类、休闲慢生活类业态入驻，在深厚历史底蕴之上长出年轻态的新看点。

中国人民银行台州支行曾是临海最早的银行。其位于紫阳街 249 号的旧址还原了 20 世纪 50 年代银行办理业务的情景，收藏了伴着历史车轮前行的临海金融记忆。

临海剪纸是浙江省非物质文化遗产。紫阳街中藏有一座已有 600 多年历史的张氏剪纸博物馆，馆内陈列着许多精美的剪纸作品，虫、鱼、花、鸟、兽等形象跃然纸上。

在紫阳街上，每往前走几步，便可遇见钟表科普博物馆等各色博物馆。还能看到店铺的主人在楼下开店，在楼上居住，与游客共同构成景区一部分的场景；古街居民则搬把椅子坐在家门口，与游客闲聊……

吸引消费人群，台州府城不仅靠"颜值"，同时还靠美味。

甜辣的姜汁炖蛋、软糯的乌饭麻糍、咸鲜的糟羹……在临海，光是官方列出的传统小吃就超过140种。

为让"网红"变"长红"，临海拿出了诚意满满的美食地图。2023年初，临海首次面向全市发出了"台州府城老字号"征集令，开启了一场"寻味"的全民探索。加上社交平台的传播加持，"府城小吃"凭实力"杀出重围"，被越来越多的人知晓。

同时，临海以"千人宴"等活动为着力点，从历史、物产、文化三个维度，充分展示"中国美食地标之都"的实力，以"好食好味"为城市持续"引流""吸粉"。

一枕灵江水，山海入梦来。在浙江宋韵文化的版图里，台州府城同样具有独特韵味。

《宋"潮"那些事儿》《街头杂耍》《棋逢对手》等节目都会在此如约演出。在互动中，观众仿佛穿越历史，回到花团锦簇的宋朝。近年来，临海还通过设立"朱自清文学奖"、举办央视跨年晚会等，打造独具辨识度的府城文化IP。

"文化是软实力也是硬实力，是支撑力也是变革力。"当地正紧扣建设"历史名城"奋斗目标，启动"千年古城复兴"计划，实施十大标志性工程，全力构建府城宋韵文化高地、桃渚古城抗倭文化高地、户外运动文化高地"三大高地"。

扎根千年文化资源，临海正以"新"的话语、"活"的讲述、"潮"的传播，在城市推广上积极拥抱国际化，助力这座千年古城"出圈"又出海，向世界展示一座真实立体、充满烟火气的中国古城的风貌。

清河坊，千年市井繁华

"一条清河坊，半部杭州史。"1138年，南宋定都临安（今杭州），地处皇城根儿的清河坊一带"三十里楼台"，商贾云集，商铺林立。

"八百里湖山，知是何年图画；十万家烟火，尽归此处楼台。"西湖边江湖汇观亭上的这副对联，让我们仿佛看到古代杭城吴山和清河坊的繁华景象。

今天，站在清河坊街头，远远望去，古老街区的岁月痕迹与现代都市的烟火气息自然相融，热闹非凡。

岁月变迁，时代进步，一座古城的在地居民与快速发展的文商旅深度融合，应该呈现怎样的状态？

杭州清河坊，就是这样一扇窗户。

临街一面白墙上，"胡庆余堂国药号"几个大字颇为醒目。开在清河坊街区的"中华老字号"药店胡庆余堂，高悬的牌匾上写着斗大的"戒欺"二字。这是胡庆余堂创始人胡雪岩在药铺开业时所写。

从1874年筹建算起，至2024年，胡庆余堂已走过150个春秋。经过几代人的传承，它从杭州吴山脚下走向海外，也带领传统中医药文化发扬光大、迈向全球。

前店堂、后作坊，胡庆余堂一直从事老本行，靠着规矩行医，融进了杭城老百姓的生活之中，也成为杭州本地文化的一部分。

走进胡庆余堂，只见一位老师傅晃动竹编药匾，中药研粉上下翻飞，经过上千次旋转翻滚，药粉和水糅合成一粒粒紧实圆润的药丸。

"做药如做人，来不得半点马虎。"老师傅说，这是胡庆余堂一直以来的底线原则，比如做一次丸剂，大约要用 1 公斤药粉，前后花费近 1 个小

清河坊（吴建滨 摄）

时，一丝一毫都不能省。

创造性转化、创新性发展——城市历史文化既一脉相承，也在时代发展进步中推陈出新、历久弥新。

近些年，百年老店胡庆余堂并非一味守成，而是接连推出养生药膳、中药饮品、新式咖啡等产品。其中一款陈皮红豆拿铁，将红豆味、陈皮香与咖啡搭配，创造出了奇妙口感，成了"网红"饮品。

胡庆余堂的咖啡馆，由原来的保安亭改造而成。虽然占地面积不大，但外围花园面积不小，在咖啡店林立的清河坊也算是独一份。与普通咖啡厅风格迥异的是，这里有一面中药柜墙和随处可见的药局文化装饰元素。

馆里咖啡平均一杯价格约 25 元，周末每天能卖出 300 多杯，工作日每天也能卖出 200 杯左右。咖啡到手，年轻人总会拿起手机拍照发朋友圈，并配上类似的调侃："中药咖啡，能刷医保卡吗？"

胡庆余堂的咖啡，是传统中药生活化的一件产品，能够吸引更多年轻人了解传统中医药文化。

像胡庆余堂一样，清河坊有一大批"老字号"焕发出新活力。比如方回春堂、叶种德堂、保和堂，王星记杭扇、孔凤春杭粉、张小泉杭剪，以及邵芝岩笔庄，等等，都在市井繁华中保有一席之地。

传承不守旧，创新不忘本。延续千年市井繁华的清河坊，是杭州传承保护和活化利用历史文化遗产的典型。

2023 年，杭州启动清河坊历史街区一批"微改造、精提升"项目，通过改造街区绿化、夜景照明、外立面形象、标识标牌、休闲座椅等，让城市历史文化在不破坏内核气质的前提下吸收现代元素。

一面是拥有百年历史的文保古建，一面是鳞次栉比的宝藏小店。只有约300米长的大井巷，聚集了书屋、茶屋、手作店、文创店等业态。同在吴山脚下，同是历史文化街区，与隔壁的河坊街相比，大井巷实在安静太多，甚至显得静谧，但这是它应该弥漫的气息。

大井巷因有五代吴越时之古井而得名，南宋时称"吴山井巷"，清时称"大井巷"，此名一直延续至今。走进巷内，房屋依山而建、临街而筑，界碑、石库（墙）门、文保房屋标识牌等随处可见，间或还有几条小道通往吴山、城隍山。

古井今犹在。大井巷22号，穿越千年岁月的"钱塘第一井"就在眼前，井开5眼，井圈呈六边形，井圈南北面都竖刻"古大井"3字。

"钱塘第一井"旁，一座小型展览馆汇集了杭州著名的古井及其人文故事，以此留住井文化记忆。

> 撑着油纸伞，独自
> 彷徨在悠长、悠长
> 又寂寥的雨巷，
> 我希望逢着
> 一个丁香一样的
> 结着愁怨的姑娘。
> …………

诗人戴望舒笔下的江南雨巷，是一处幽静的存在。今天的雨夜，大井巷就是这样一条情深深雨蒙蒙的静谧小巷。

因为想换一种生活方式，一对"80后"夫妇选择了离职来到杭州，在大井巷环翠楼开了一家艺术茶空间。两人把老房子的木头都刷上亚光木蜡油，让每一根房梁、柱子都保留本体颜色，还将闲置多年的一方庭院打扫利落，种上中草药……

除了茶，这家艺术茶空间还是风格独特的书房，不定期举办古董家具展、艺术展。因为与古巷气质相衬，恬静舒适，大井巷的原住民和来往的年轻人都喜欢来这里。

一座城市历史文脉的赓续，正是靠着一段段城墙、一条条街巷、一个个故事，从而代代相传、绵延不绝。

事实上，杭州对清河坊的保护传承，也经历了一次次的认知迭代。

大井巷（胡展　摄）

1998年，杭州市政府决定，对河坊街进行拓宽改造，整修河坊街的传统历史建筑。根据方案，一部分破旧房子拆掉重建，其中就包括清河坊历史街区的一些核心区域，以及路两边的很多历史建筑。

规划一出，引发社会争议，各界人士强烈要求保留这里的百年老店、老建筑等。最终，经多方研判，杭州市政府作出决定：为子孙后代留一片真实的历史遗存。

此后，杭州出台第一个历史文化街区保护办法——《杭州市清河坊历史街区保护办法》。再之后，杭州以"规划先行、法律保障、分类保护"的思路，开启全面保护古城历史文化遗产的进程。

经历一轮改造，河坊街2001年开街的时候，在业态布局中作出了明确界定：街道两侧的商业用房用于经营丝绸、茶叶等杭州土特产品及古玩、书画、特色工艺品，以满足游客的购物、消费需求；街道中央设置的古色古香的工艺亭，着力引进、挖掘、保护具有地方特色的文化艺术、民间工艺、民风民俗等非物质文化遗产，使之与有形文化相互烘托，共同构成街区的历史文化遗产。

城市建设，要"让居民望得见山、看得见水、记得住乡愁"。

在新理念的指引下，清河坊延续千年市井繁华，最终留下了那些喜欢历史街区、理解历史保护、有能力活化利用历史建筑的商户。

2021年10月，清河坊历史街区宋韵文化传承展示五大工程正式发布，包括宋韵研学游工程、宋韵文创汇工程、宋韵微展厅工程、宋韵文艺精品工程及宋韵品牌传播工程，通过深入挖掘区域历史文化资源，整合人文景观和文旅体验展示空间，多角度、多业态、多渠道讲述千年文化。

古村落，氤氲活色生香

地处浙西南山区、有 1800 多年建县史的松阳，是华东地区传统村落最多、风格最丰富的县域，被称为"最后的江南秘境"。

镶嵌在群山深处的一座座现代艺术建筑，让松阳别具一格。完全依照山顶老屋起伏曲线排列的屋脊线，沿用夯土黄墙、原木房顶的主色调，一座美术馆依山而建。

"大自然是最好的设计师。"横坑村玖层美术馆发起人杨洋说，她选择从北京到松阳，正是看中了这里的独特风貌，因而在此设计建设的现代建筑也必须沿着乡村的风貌肌理自然伸展。

玖层美术馆与周边农屋，馆中人与村民，也从彼此遥望到自然相融，构成了一幅现代古村落的画卷。

山头村的白老酒工坊、蔡宅村的豆腐工坊、平田村的农耕展示馆、力溪村的连环画乡村艺术馆……据不完全统计，目前散落在松阳各个传统村落的图书馆、美术馆、陈列馆等公共文化空间，数量超过 30 个。

在充分尊重当地传统、文化、产业和空间肌理的基础上，这些建筑形成了一系列小而精、小而美、小而特的文化空间，在松阳的传统村落扎下深根。它们是当地人文特色、生产生活形态的展示空间，是构建当地人与外来客美好生活的实体场所，也是传统村落活态传承的良好载体。

小山村氤氲活色生香。

一口井、一座庙、一棵大树，青瓦、灰窗、黄泥墙的老屋，依山傍水、错落有致，镶嵌在青松与梯田之间——这是浙江小山村的一幅典型图景。

近些年在浙江，文化引领的乡村振兴让一个个小山村焕发新生，展现出无限可能。

在衢州市柯城区余东村，全村 800 多名村民中，有 300 多名是农民画家。他们"白天扛锄头，晚上提笔头"，将浓郁的乡情乡味画在纸上，画在村头巷尾的白墙上，画出了一个共富的新乡村。

从 2021 年起，余东村农民画及文创产品产值每年均超过 2000 万元，带动人均增收每年超 5000 元。

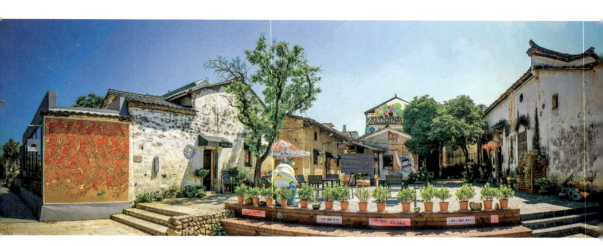

余东村一隅（图源：衢州市柯城区委宣传部）

田市镇，又称"云田古镇"，是台州市仙居县历史上最重要的古集市之一。近些年，原汁原味小山村与诸多现代元素的融合，带动云田古镇乡村旅游蓬勃发展。

街边摊头上的仙居烧饼、豆腐圆，街角的乐队驻唱，还有针刺无骨花灯等传统手作，相映成趣的墙绘与青砖泥墙……升腾的是烟火气，沉淀的是人文情。

不难发现，古街巷弄虽窄，却能浓缩融合美食、民俗、音乐、社交多重业态，处处凸显文脉、乡愁、记忆和故事。这也持续擦亮了当地的品牌标识，真正"拴住"了游客的心。

"文化＋"不断催发创意与新机，让小山村成为一片能够干事创业的诗画田园。

如果要寻觅一座"活着"的古村落，就不得不提兰溪市的诸葛八卦村。不只是因为这里有水墨江南、诸葛后裔，也不只是因为这里有纵横交错的八卦迷巷，更因为这里有300多座明清徽派民居，以及一粥一饭的乡村田园生活。

如今，每到假日，诸葛八卦村总能迎来络绎不绝的游客，但这里的村民说，起初，他们对于村子发展旅游业并不看好。

当时，来自清华大学的师生一行来村里做课题研究，呼吁保护古村落，发展旅游。村民议论纷纷："我们这种老村子能搞旅游？""人家能对咱们的牛棚感兴趣？"

为了发展诸葛八卦村的特色旅游，村子采用了"村委会＋旅游公司＋文保所"三管齐下的经营管理方式。兰溪市诸葛旅游发展有限公司的资产归属村经济合作社所有，村委会同时也是旅游公司的董事会。市场由懂行的人来开发，经济运行情况受全体村民监督。文保所对古民居修缮、改造和新建房屋的审批严格把关，监督文物保护情况。

诸葛八卦村每年有两个特别重要的日子：一个是农历四月十四，诸葛亮的诞辰，为春祭；另一个是农历八月廿八，诸葛亮的忌日，为秋祭。在这两个大日子里，村民身着盛装，举旗幡，放火铳，400多人的祭祖迎会队伍分为9队穿村巡游，场面壮观。

祭祖活动是承载祖训家风的载体。村里通过活动，一方面向诸葛后裔汇报村里的工作；另一方面训诫后人，让孩子们在庄重的仪式里聆听教诲、

鸟瞰诸葛八卦村（程忠 摄，图源：兰溪市委宣传部）

许下承诺。

传统村落的这种文化传承，在更宽广的地域里展现生命力。每逢祭祖活动，都有数以万计的游客专程前来诸葛八卦村观赏。

"书房门前一枝梅，树上鸟儿对打对……"在嵊州市甘霖镇施家岙村，"娘家戏班"一曲《梁祝》赢得了阵阵喝彩，让来自上海、宁波等地的越剧戏迷大呼来得值。

入夜，嵊州市甘霖镇东王村的古戏台上，每周一次的越剧会演正在热闹进行，登台的 30 多名演员是来自镇上 8 个村子的戏迷。一曲清丽悠扬的《孟丽君》细腻婉转，唱功丝毫不输专业演员，引得村民连连叫好。

一袭水袖舞动着文化力量。在"越剧之乡"嵊州的农村，以戏曲为媒，传统文化资源被充分整合挖掘，不断满足着百姓的精神文化需求。

为守护好农村传统文化根脉，嵊州将马塘村、东王村、施家岙村、越剧小镇等文化资源优势村、单位串珠成链，采取以强带弱、优势互补等方式，推动结对互促，越剧文化资源共建共享，开展"戏曲展演""戏迷擂台"等文化惠民活动，让快乐的音符跳动在每个农村百姓心中。

非遗馆，绽放时代活力

2024年岁末，"春节——中国人庆祝传统新年的社会实践"被列入联合国教科文组织人类非物质文化遗产代表作名录。2025年蛇年新春，中国老百姓迎来申遗成功后的第一个春节。

文化代代相传，必须融入一定的载体。

非遗传承，日用而不觉。通过非遗传承人和青年一代的碰撞，各类非物质文化遗产得以薪火相传。

每到寒暑假和周末，无数青少年涌入钱塘江边的之江文化中心。之江文化中心是浙江大力推动新时代文化繁荣的地标建筑群。建筑面积3.5万平方米、拥有5层展览空间的浙江省非物质文化遗产馆，就坐落在这里。

浙江，拥有超过万年的上山文化、五千多年的良渚文化，以及大禹和舜帝的遗迹……这里不仅是文明之光的闪耀之地，也是非物质文化遗产的汇聚之地。凭借全国数量最多的非物质文化遗产项目，浙江确立了其作为非物质文化遗产大省的地位。

一座传统戏台，是浙江省非物质文化遗产馆的镇馆之宝。

戏台宽 11.8 米，重量达到 60 吨，由古建筑专家花费 3 年多时间主持，由 20 名精通中国传统建筑营造技艺的熟练工匠修建。

戏台并不是摆设，这里轮番展演浙江 58 个传统戏剧项目的折子戏，是大众走近非遗的媒介。坐在戏台前，观众听到古老的乐器奏响旋律，看到演员精致繁复的服装和细微的面部表情时，仿佛穿越时光回到了过去，沉浸于传统戏剧之美，感受到戏剧故事传达出来的强烈情感。

浙江省非物质文化遗产保护中心主任、浙江省非物质文化遗产馆馆长郭艺认为，这座戏台本身就是中国表演艺术之丰富遗产的鲜活见证。

非物质文化遗产是世代相传，并被视为文化遗产组成部分的各种传统

浙江省非物质文化遗产馆（图源：浙江省非物质文化遗产馆）

文化表现形式，例如口述传统、表演艺术、仪式、节庆活动、传统手工艺等。

一座活态非遗馆，该向大众呈现什么？

如果说博物馆侧重的是物和历史，那么非遗馆则更关注人与过程：非遗主体是代表性传承人，因此展陈内容要与传承人有关，与当下生活有关，与社会发展有关。

传统戏剧厅隔壁，一家养生咖啡馆全新亮相。古朴的、百宝箱似的中药柜里，人参、陈皮、灵芝、当归等常见药材铺陈整齐，抬头看看菜单，"相思南国""墨韵芝香"等咖啡新品文韵悠然。

一边是咖啡豆和中药相缠的清香，一边是余音绕梁的戏曲唱腔，这种传统和现代碰撞融合产生的魅力，很吸引年轻人。以现代方式呈现传统文化，让非遗重获新生。

在非物质文化遗产中，传说故事是世代相传的重要口述传统。非遗馆运用数字技术将这些故事呈现在观众面前，加深了观众对这些文化遗产的了解。

比如，非遗馆提取了具有象征意义的文化元素，将之制作成沉浸式粒子动画（具有肌理影像等效果），生动地展示了两个家喻户晓的传说——《白蛇传》和《梁山伯与祝英台》。

《白蛇传》让观众仿佛置身于飘逸空灵的水波上，看那对恋人乘坐的小船在层层叠叠的闪光粒子中若隐若现。《梁山伯与祝英台》的故事则在栩栩如生的数字化蝴蝶影像和动听的音乐中缓缓展开，观众可以沉浸式感受浪漫的爱情和化蝶的传奇。

历史人文底蕴深厚的浙江，是非物质文化遗产大省，非遗保护传承工作也走在全国前列。截至 2024 年 10 月，浙江省有 9 项非遗项目被列入联合国教科文组织人类非物质文化遗产代表作名录、2 项被列入急需保护的非物质文化遗产名录，另有 241 项国家级非遗项目、996 项省级非遗项目。

"香火草龙"在夜幕下巡游乡间小道，祈愿五谷丰登、风调雨顺；一片开阔地上上演的"狮象灯舞"，寓意欢乐祥和、万象更新；学子们"跳魁星"，寄托对学问与前程的期盼；"满山唱"的村民以歌会友、以曲传情，表达对生活的热爱……

2024 年 10 月 23 日，一场非遗影像展在衢州市开化县开幕。展会期间，开化县本地各式各样的非物质文化遗产项目原汁原味呈现，大放光彩。

从龙腾虎跃的民俗表演到匠心独运的传统手工艺，从唇齿留香的佳肴美馔到静谧深邃的文化艺术，非物质文化遗产讲述着一方土地上独有的故事，是中华民族文化传承的重要载体。

径山，位于杭州市余杭区西北境内，是一座拥有悠久历史和丰富文化遗产的高山，自古以来便是文人墨客竞相游历的胜地。唐代"茶圣"陆羽曾在此隐居，植茶、制茶、研茶，并相传在此完成了传世名著《茶经》。这里盛产的径山茶，外形纤细，早在唐宋时期就是贡品。

径山茶宴是径山万寿禅寺接待贵客上宾时的一种大堂茶会。这种独特的以茶敬客的传统茶宴礼仪习俗，起源于唐朝中期，盛行于宋元时期，并流传至日本，成为日本茶道之源。

径山茶宴在径山寺明月堂举办，其主人为径山寺当任住持。举办前，要在堂外张贴"茶榜"；在阵阵茶鼓声中，僧客入场，茶鼓声止，住持缓步入堂，至佛像前拈香礼佛，行三触礼；上香后，住持入席坐首座，僧客随即依次正身端坐……

从张茶榜、击茶鼓、恭请入堂、上香礼佛、煎汤点茶、行盏分茶、说偈吃茶到谢茶退堂，径山茶宴共有十多道程序。

径山茶宴至今仍颇负盛名，是浙江保护传承非遗的一个缩影。

近些年，浙江做好"茶非遗"传承、传播和发展3篇文章，推动"茶非遗"创造性转化、创新性发展，在全国率先开展人类非遗代表性名录项目"3＋N"保护行动，成立"中国传统制茶技艺及其相关习俗"浙江省保

非遗燃乡村（图源：象山县文学艺术界联合会）

护发展联盟，构建传统传承方式与现代教育相结合的后备人才培养机制，打造"非遗传习所＋茶空间"业态，强化"茶非遗"国际表达……

　　"世界茶乡看浙江"的金名片越来越亮。

我们坚持把马克思主义基本原理同中国具体实际相结合、同中华优秀传统文化相结合，不断推进马克思主义中国化时代化，推动了中华优秀传统文化创造性转化、创新性发展。要坚持守正创新，推动中华优秀传统文化同社会主义社会相适应，展示中华民族的独特精神标识，更好构筑中国精神、中国价值、中国力量。①

习近平

（2022 年 5 月）

---

① 《必须坚持守正创新》，载《求是》2024 年第 23 期。

文脉流芳

第四章

WENMAI
LIUFANG

天台山大瀑布（图源：天台县委宣传部）

台州：和合文化润东方

寒山问曰："世间有人谤我、欺我、辱我、笑我、轻我、贱我、恶我、骗我，该如何处之乎?"

拾得答曰："只需忍他、让他、由他、避他、耐他、敬他、不要理他，再待几年，你且看他。"

《古尊宿语录》中所载隐僧寒山和拾得的问答，揭示了绵延千年的和合文化精神的一隅，成了如今和合文化最为世人熟知的妙语对谈。

和合文化，既是中华"和"文化的鲜活样本，也是当代台州城市精神的文化源泉。

民俗里的"和合"二仙，寓意生活和合美满；绿水青山就是金山银山理念，阐释了人与自然和谐相处之道；儒释道三教和谐共生，成为文化交流互鉴的典范；崇尚协和万邦的国际观、和而不同的社会观，彰显文明交融的力量……

漫长岁月中，由"人与自然的和谐""人与人的和谐""人的自我和谐"构成的哲学层面的"和合"观念不断发展。

发祥于天台山的和合文化，闪耀着东方智慧，是中华"和"文化的重要瑰宝，正迎来越来越多的研究者和关注者。当今世界，和合文化对增进不同国家、种族、宗教、文明之间的交流对话，促进世界和平发展有着重要的理论价值和现实意义。

泽被后世

和合街区内，市民清茶对弈；和合公园中，太极爱好者衣袂飘飘；和合司法站里，以"贵和尚中"理念协商，双方握手言和；和合调解室内，通过"老娘舅"和合调解服务团，打造基层"和合善治同心圆"……在和合文化发祥地浙江台州，相关的文化符号和公共设施随处可见。

追溯其起源，"和""合"二字，早在甲骨文、金文上已经单独出现。直至西周末期，史伯提出"和实生物，同则不继"的观念，第一次对和合文化作出了系统性的阐述。春秋时期，"和合"的内涵不断深化，外延也不断扩大，逐渐积淀成一种以和为贵、圆融和谐的文化精神。至先秦时期，诸子百家秉承各自立场，孔子执礼、荀子尚法、孟子秉仁，初步形成了和合观。

近1300年前，在远离中原的天台山上，和合文化上升到了儒、释、道合一的高度。以天台宗为代表的佛教"和合"思想、以南宗为代表的道教"和合"思想、以理学为代表的儒家"和合"思想，三者互鉴互融，共同构成了台州和合文化的有机整体。

作为和合文化象征的"和合"二仙，原型是唐代的天台山名僧寒山、拾得。他们寄情山水、吟诗会友、包容友善、淡泊名利。他们的对答和诗

天台和合街（图源：台州市委宣传部）

篇，被人们广泛传诵。清雍正十一年（1733），皇帝敕封寒山、拾得为"和合"二圣。

行吟山水探求天人合一的美学哲思，圆融、和谐、包容、和善的处事智慧，君子和而不同的人生参悟……和合文化绵延千年，它的内涵和外延不断丰富。

今人应如何看待和合文化的独特价值？和合文化包含的精神内核是中国传统文化的精髓，也是中国特有的人文标识和价值追求，体现在人与人、国与国、人与世界、人与自然的关系中。

专家认为，要围绕和合文化的发展脉络、主要内容、思想体系等，深度挖掘和合文化的当代价值与普世意义。同时，加强交流宣传，推动和合文化国际论坛每年都能产出有形、无形成果，输出文学翻译、文艺作品、文创产品、美食文化等内容，进一步提升国际影响力。另外，要将和合文化与经济、社会发展有机结合，将其融入城市公共服务设施、城市形象元素、文艺作品、社会治理等，让和合文化润物细无声。

在浙江，随着和合文化基因解码工程的开展，关于和合文化较为成熟的研究、保护、传承与创新转化模式逐渐形成，并与城市建设、文化旅游、文创产业等深度融合，实现了历史价值的华丽蝶变。

和合文化在台州，不仅有悠久的历史和美好的传说，更渗透到当地经济、社会、生态治理的方方面面，成为台州一系列亮眼发展的精神密码。

比如，台州创造性地将和合文化运用于基层治理，探索出了基层民主议事的有效道路，如起源于1999年的温岭市的民主恳谈制度已成为中国基层协商民主的一种典型形式。和合文化蕴含的"和而不同""和实生物"两大基因，为当地民营经济的创新发展注入源头活水，创造了举世瞩目的"台州现象"。

海外流芳

实际上，和合文化源远流长，不仅滋养了中华民族，也借助"一带一路"传播到世界各地，并通过佛教天台宗，以及"和合"二圣、济公等人物的故事，在世界各地广为传播，焕发出文化生命力。

最为典型的是，唐代天台宗东传日本、韩国，两宋时期寒山诗东传日本，元明清时期济公文化传往日本、东南亚地区，形成了和合文化流传海外的"三座高峰"。此外，通过丝绸之路，天台山茶漂洋过海，天台山成为日韩茶源之一。这些文化交流活动，都将"和合"的种子播撒到海外。

以寒山诗为例，早在1905年，它就被翻译到了日本，在那里开花结果。到20世纪50年代，它又跨越大洋到了美国，进入西方主流知识圈，后来甚至被选入大学文学教材。

有深谙东西方文化交融的学者表示，在美国最有文化影响力的中国诗人，可能并不是李白、杜甫，也不是王维、贺知章，而是寒山。他的诗歌和他旷达自然的吟者生涯，粗服乱发、狂放不羁的形象，深深地影响了美国"垮掉的一代"和"嬉皮士运动"。比如，"垮掉的一代"标志性人物杰克·凯鲁亚克（Jack Kerouac）写的一本书《达摩流浪者》（*The Dharma Bums*），就是献给寒山的。

台州不仅是中华和合文化的发祥地和示范地，更是面向全球、围绕和合文化加强国际人文交流合作的传播地。

为了更好地挖掘和传播和合文化，近年来，台州不断加大和合文化的国际交流力度。目前，台州和合文化对外传播体系初步建成，通过实施和合文化影响力提升三年行动计划，台州市与韩国、美国、法国、日本、加拿大等国开展 20 多项"和合"主题文化交流和 60 多项相关活动，并在阿联酋迪拜、日本东京、菲律宾马尼拉等地相继成立和合文化海外驿站，在美国、法国、德国举办"和合文化走友城"系列活动。

值得关注的是，从 2021 年开始，台州每年都会举办和合文化全球论坛，汇聚全球多国专家学者，探讨如何以"和合"之道凝聚全球共识，以"和合"之力汇聚全球智慧，以实际行动推动多元文明共存和包容发展的创新实践。

此外，2022 年 5 月，中法两国共同合作建设的仙居生物多样性博物馆开馆，并与法国孚日大区自然公园樱桃之乡生态博物馆结为友好博物馆。2023 年 10 月，台州市首创的海洋塑料废弃物治理新模式"蓝色循环"荣

2024和合文化全球论坛"友好城市深化文化经贸交流合作倡议"正式启动（图源：台州市委宣传部）

获联合国"地球卫士奖"，以多元共治破解海洋塑料垃圾收集难、高值利用难等痛点，为全球海洋治理贡献"中国方案"。

协和万邦

"中华文化崇尚和谐，中国'和'文化源远流长，蕴涵着天人合一的宇宙观、协和万邦的国际观、和而不同的社会观、人心和善的道德观。"近年来，中国国家领导人在多个国内外重要场合多次提到"和合"理念、和合文化。

和合文化代表"贵和尚中、善解能容，厚德载物、和而不同"的宽容品格，是中华民族所追求的一种文化理念。在文明冲突此起彼伏的当下，和合文化更具有广泛的世界意义。

当今世界受到局部冲突、新冷战思维等影响，不确定、不稳定因素增多，在此背景下，更显示出和合文化的价值和意义，要积极用"和合"思维解决问题、推进合作。

一些外国政要也表示，中国"和合"理念在治国理政方面有生动实践。早在 20 世纪 50 年代，中国就提出和平共处五项原则，当今世界仍是一个命运共同体，和平、和谐共处会让世界变得更美好。拥有古老且丰富历史的中国一直致力于与其他文明和谐共处。中国哲学建立在儒家、道家和佛教等思想基础上，这些思想强调尊重多样性、相互学习、和平共处。上述原则也反映在中国旨在构建人类命运共同体的当前外交政策中。

"和合文化是人类文化宝库的一颗璀璨明珠。"专家表示，我们要坚持以和为贵，筑牢共同发展的坚实根基；要坚持和衷共济，以团结合作构建全球发展伙伴关系；要坚持和谐共生，推动实现更高水平的绿色可持续发展；要坚持和而不同，以文明对话助力全球发展进程。

在联合国教科文组织总部大楼前的石碑上，用多种语言镌刻着这样一句话："战争起源于人之思想，故务需于人之思想中筑起保卫和平之屏障。"

在各文明间关系紧张程度不断加深的情况下，中国正在为世界提供另一条道路——用对话与合作克服冲突与分歧的文明交融之路。

以"和合文化与人类文明新形态"为主题的 2024 和合文化全球论坛上，中外嘉宾会聚一堂，探讨和合文化内涵，分享中华文化智慧，呼吁携手合作，共建人类命运共同体。"所有太阳底下的人们都应该好好合作、好好相处。"联合国前副秘书长埃里克·索尔海姆（Erik Solheim）在发言时说，和合文化的核心是和谐和团结，这是一种非常谦虚的、值得学习的精神。当前，人类面临很多全球挑战，希望大家能秉承和合文化，团结合作。

临安：吴越文化中兴地

江南文化瑰宝中，吴越文化有着重要地位。

吴越文化何处寻？作为吴越王钱镠（852—932）的出生地和归葬地，杭州临安拥有丰厚的历史资源，是各界公认的吴越文化传承高地。

每到暑假，一批批的孩子进入杭州市临安区板桥镇学文习武，诵读家训，了解钱王故事。孩子们学习射箭、垒草垛、搭泥坑架，重现"钱王射潮""钱王筑海塘"等场景，体验吴越国建邦立业的历史。

今人所说的吴越文化，发端于五代十国时期的吴越国，并经之后千年传承发展而成。其内容厚重，既有以家为根，祖训传世，孕育钱氏千年望族的家训文化；还有以城为业，扩城兴市，奠定杭城千年风貌的营城理念；更有以国为本，善事中国，开创江南千年繁华的"保境安民"策略。

钱氏以吴越国为根基，不仅创造了吴越国近百年的繁华，还打下了后世长三角地区富庶甲天下的经济、文化基础，为中华文明的连续性作出了重大历史贡献。

置身临安，俯仰之间，历史文化的气息扑面而来。家之道、城之道、国之道贯古通今，吴越文化的精髓与韵味清晰可循。

以家为根，祖训传世，孕育钱氏千年望族

唐朝末年，藩镇割据，从临安白手起家的钱镠率领族人和八都子弟兵保卫乡土、平定叛乱，铸下了"一剑霜寒十四州"的宏图伟业，于907年创建了吴越国，以今杭州为都城首府。吴越国占地一军十三州八十六县，版图涵盖了现在的浙江、上海全境及苏南、闽北地区，历三世五王，直至978年钱弘俶纳土归宋而终结。这段历史，对临安、对杭州，乃至对整个长三角地区的发展，都具有重大意义，影响一直持续到现在。

彼时中原正处于历史的至暗时刻。环顾吴越国四周，政权变更频繁，社会动荡纷乱，人民饱受战乱之苦，唯独地处东南的吴越国政局最为安宁稳定，在钱镠的治理下成为乱世中的一方乐土。钱镠去世后，后人将《武肃王八训》《武肃王遗训》提炼完善，系统总结为当前流行于世的《钱氏家训》，成为钱氏宗族乃至中华民族的宝贵精神遗产。

——家训泽被，造就"两浙第一世家"。

"心术不可得罪于天地，言行皆当无愧于圣贤。"《钱氏家训》虽篇幅较短，但字字珠玑，通过个人、家庭、社会、国家四个层面，建立了家庭与个人、社会、国家的纽带，因而钱氏世代家风谨严、人才涌现。

到了近现代，钱氏一族更是培养出"一诺奖、二外交家、三科学家、四国学大师、十八院士"，成了"千年名门望族，两浙第一世家"。《钱氏家训》也成为无数家庭修身齐家的成长箴言。

——崇礼重教，留下丰富珍贵文化资源。

　　吴越国以文兴国，三世五王崇尚文学，重视文化建设。为网罗人才，国内专门设置了择能院，专管选士之事；钱镠还将居室叫作"握发殿"，表明以礼延揽各方人士。大批中原士人名流、文化精英纷至沓来，中原繁荣的文化和先进的科技也随之传入，与吴越本土文化交相融合，形成了具有鲜明特色的包含建筑、工艺、文学、绘画、书法、音乐、歌舞、宗教、科技、藏书、民俗等方面的"吴越国文化现象"。

　　彼时，吴越国文化在唐宋之间的乱世中异军突起，空前繁盛。如在吴越国王族墓葬中发现的 5 幅天文图，其中康陵出土的石刻天文图最为完整准确，代表了唐、五代时期在天文学方面的突出成就。

　　——陌上花开，流传千古"最美九字情诗"。

吴越国武肃王钱镠像（金凯华 摄）

虽然钱镠出身行伍，但他和发妻吴氏"陌上花开"的爱情典故却传承至今。

吴氏（858—919），杭州临安人。《吴越备史》记载，吴氏每年都要回家乡临安省亲，钱镠便写诗相赠："陌上花开，可缓缓归矣。"寥寥数字，透露着钱镠对发妻的深厚感情。

后来经过苏轼等文人的再三渲染，"陌上花开"从此作为吴越文化中温柔亮丽的文化符号出现，被后世竞相吟咏传诵，并冠以"最美九字情诗"之誉。

以城为业，扩城兴市，奠定杭城千年风貌

唐以前，杭州只是夹在浙东道越州和浙西道苏州之间的一个小城，"繁雄不及姑苏、会稽三郡"（《玉照新志》卷五）。钱镠任杭州刺史和建立吴越国后，实施了大刀阔斧的建设，开启了杭州的逆袭之路：杭州作为都城，开端于吴越国；杭州城市格局的奠定，肇始于吴越国；杭州城市风貌的初现，孕育于吴越国；杭州商贸的繁华，发端于吴越国。

——三筑杭城，奠定"人间天堂"基本格局。

钱镠三次扩建杭城，修筑海塘抵御海潮拱卫杭城安全，浚西湖、凿水井解决市民饮用水问题，由此形成南到钱塘江北、北迤武林门、西濒西湖、东至菜市河（今东河）的"腰鼓城"，奠定了后世杭州"三面湖山一面城"的基本格局，为南宋定都临安（今杭州）奠定了基础。

钱镠的子子孙孙多数被分封于苏南和浙江各地，也多为当地发展作出重要贡献。如钱镠第六子钱元璙、孙子钱文奉主政苏州前后约 60 年，其间

修水利、筑城墙、建园林，功绩卓著。

——佛教兴盛，吴越国被誉为"东南佛国"。

2025年新年，走进位于杭州市郊的径山禅寺，关于吴越国崇释尚佛的记载历历在目。历任钱王均信奉佛教，治杭期间致力于打造"东南佛国"，所建寺庙"倍于九国"，如新建净慈寺，重建灵隐寺，扩建中天竺。另外，六和塔、保俶塔、雷峰塔、白塔、慈云岭造像、飞来峰造像等珍贵的历史遗存，均始建于吴越国时期。苏轼曾赞誉："钱塘佛者之盛，盖甲天下。"在这样的历史文化环境里，杭州逐渐形成了安守本分、乐善好施、扶贫济困等地域特有的文化属性。

——坊市合一，百业兴旺东南第一。

钱镠取消杭州的官市制和坊市隔离制，给予商人经营自由和市民购物自由，并逐步放开过去只准官营的陶瓷业、丝织业、印刷业等特种行业，允许民营与官办并举。一时间，杭州商铺林立，手工业制作水平迅速提升。坊市制度的改革实践，促使杭州本地农业人口与外来流亡人口成批进入城区，并得到安置就业，从事多种经营。

据统计，钱氏三世五王治杭期间，杭州人口由1万余户增至10余万户，集聚的速度和规模历史罕见，为中国经济重心的南移和杭州经济、文化的飞跃发展起到了重要作用。著名历史地理学家谭其骧先生认为，正是五代时的吴越钱氏使杭州从一个第三等的城市跃升为第一等的城市。

——开拓海运，推动形成两宋"海上丝路"。

吴越国地处东南沿海，造船业在五代十国时期各国中首屈一指，当时钱塘江边"舟楫辐辏，望之不见首尾"。杭州、秀州（今嘉兴）、明州（今宁波）、温州、台州成为吴越国对外贸易的港口，吴越国的茶、丝、棉、麻、瓷等商品大量输往新罗（朝鲜半岛古国）、日本、大食（阿拉伯帝国）、印度和南海诸国，海外的珍品宝器及先进生产技术也随之传入，给吴越国带来了巨大的经济利益，也促进江浙地区与通商各国的文化交融。据《旧五代史》卷一三三记载，吴越国"航海所入，岁贡百万"。

以国为本，善事中国，开创江南千年繁华

经过钱氏三世五王累年的治理，吴越国国强民富、强盛一方，不仅成为唐宋之交中国经济最发达、商贸最繁华、外贸最频繁的地区，也为之后长三角地区千年的持久稳定繁荣奠定了基础。

——以民为本，开启"鱼米江南"之盛。

"世方喋血以事干戈，我且闭关而修蚕织。"吴越国三世五王实行"保境安民"政策，让吴越国在五代十国动荡不堪的乱世中，成为一方安宁祥和的桃花源。当时，民间染织业十分兴旺，杭湖苏越皆为当时的丝织业中心，杭锦罗绮天下驰名，杭嘉湖、宁绍苏成为重要的农业生产基地，史载"钱氏百年间，岁多丰稔"。由此，吴越国开创了"东南形胜，三吴都会，钱塘自古繁华"的盛景，钱镠也被后世誉为"上有天堂，下有苏杭"的奠基人。

——善事中国，推崇"保境安民"之治。

钱镠在位期间，对内做到政治清明，对外谋求和平相处。尽管中原走马灯似的不断改朝换代，但他始终奉中原朝廷为正统，坚决维护统一的中央政府，亲定"善事中国""保境安民"基本国策，嘱咐"子孙善事中国，

勿以易姓废事大之礼""凡中国之君，虽易异姓，宜善事之"。当时多位地方诸侯、强藩藩王鼓动钱镠称帝独立，他均严词拒绝。

走进位于临安的吴越文化博物馆，展品"金书铁券"（复制品）吸引了众多游客。为表彰钱镠对朝廷的忠心，唐昭宗钦赐"金书铁券"，嵌楷书金字 300 余个，承诺"卿恕九死，子孙三死。或犯常刑，有司不得加责"。吴越国每年向中原朝廷进贡金银、丝绸、茶叶、瓷器等物品以百万计，由此得以拥有一个相对和平的外部环境，终成为五代十国时期的首善之治，对中国经济、文化重心的南移起到了至关重要的作用。

——纳土归宋，奠定"宋韵文化"之基。

《武肃王八训》明确记载："要度德量力而识时务，如遇真主，宜速归附。"该训示也被其后人严格遵循。978 年，吴越国最后一任国王钱弘俶看

吴越文化博物馆（金凯华 摄）

到新兴的赵宋王朝统一国家的进程不可阻挡，审时度势，遵从祖训，决定"保族全民"，将"三千里锦绣山川"及"十一万带甲将士"悉数献纳给赵宋政权，主动结束了吴越国的历史。

纳土归宋，让当时吴越国的黎民百姓避免了战火荼毒，在中国历史上第一次实现了一个强盛的割据王国与中央政权的和平统一，为今人留下了宝贵的实践典范。为感怀钱镠等吴越国历代国君的功绩，北宋时期西湖边修建了钱王祠供人瞻仰，苏轼撰写《表忠观碑》，祭钱王活动流传至今。

传承文脉，吴越文化的当代价值

带着对吴越文化的浓厚兴趣，不计其数的游人走进有新晋"网红打卡博物馆"之称的吴越文化博物馆，在此"打卡"拍照。

这座新开放的博物馆，采用了宋代画家李唐的半边山水结构，融合了临安本地乡土砖瓦、夯土的特色构建。建筑形态上，取自当年钱氏一族在战乱中守住的东南一方田园的样子，黑砖土墙则参考了临安本地的乡土特色。

当三件"镇馆之宝"出现在面前时，人们不由得啧啧赞叹。这组文物是1980年出土于钱镠母亲水邱氏墓的三件国家一级文物，包括秘色瓷褐彩云纹熏炉、秘色瓷褐彩云纹盖罂和秘色瓷褐彩云纹油灯，是唐代越窑秘色瓷的杰出代表，它们展示了同时期中国青瓷烧造的最高水平。

尤为难得的是，这些瓷器体形硕大、工艺复杂，虽经过低温、高温两次高难度的烧制，却都没有出现变形和扭曲，保持着整齐规整的形态，尤其是熏炉，其盖、炉、座三者之间吻合，极具艺术美感。这些国宝级文物，

吴越文化博物馆三件"镇馆之宝"（金凯华 摄）

显著提升了浙江馆藏文物的水平。

而在更大范围内，以争创国家级考古遗址公园为目标，吴越国衣锦城考古遗址公园正在有序建设中，预计 2025 年底对外开放。其中太庙山、功臣山等区块已经开放，成为市民休闲娱乐的首选地；临安吴越文化历史商业街区则预计将于 2026 年底对外开放，从而立体打造吴越文化经典地标。

在核心区周围，丰富的历史遗存对吴越文化形成了众星拱月之势，临安正全力探索"全域吴越"的融入路径。域内，清凉峰镇、於潜镇、河桥镇相继获评省级历史文化名镇、省级千年古城复兴试点、省级文化强镇，乡村"吴越书房""吴越星舞台"星罗棋布，为吴越文化在基层扎根打下良好基础。

最近两年，临安深化"陌上花开"等文旅融合村落景区建设，推进"在酒乡写作·用文艺赋能"等"艺术乡建"项目，扩大浙西天路户外骑行、龙门秘境攀岩等临安特色户外体育赛事活动的影响力，开发乡村创意集市、乡村音乐节、乡土非遗展演等场景，进而培育发展一批吴越文化内涵突出、区域特色鲜明的农文旅项目业态集群。

更为厚重的是，当地深化吴越文化研究，持续推进吴越文化创造性转化、创新性发展，推出有影响力、有现实价值的精品力作。比如，临安制订并启动《吴越文化研究三年计划（2023—2025）》，从文献集成、基础研究、通识读物、应用研究 4 个方面对吴越文化开展系统研究。"吴越历史文化"丛书编撰已经全面启动，已正式出版作品 6 部，"文献集成"项目被纳入"浙江文化研究工程"。

一系列饱含吴越文化内涵和新时代文化价值的文化艺术作品，成为叫好又叫座的精品。临安联合国家京剧院、浙江话剧团、杭州歌剧舞剧院、华策影视、中南卡通等专业院团和影视公司，推进京剧《纳土归宋》、话剧《吴越长歌》、实景剧《陌上花开》、歌曲《千年吴越》、电视剧《太平年》、网络动画片《钱王传奇》、纪录片《吴越国》等多门类、各领域文艺精品创作。其中，京剧《纳土归宋》入选国家艺术基金项目，亮相中国戏剧节；网络动画片《钱王传奇》入选国家广电总局重点扶持项目。

陌上花开，蜂蝶自来。在临安，吴越文创产业实现蓬勃发展，正推进"吴越文化＋"产业圈建设，加速打造"全域取景地""非遗传承示范地""数字文化新高地"。同时，临安在城市设计、城市建设中积极植入吴越元素，完成升级改造的"地道吴越"非遗文化体验中心，以吴越文化、临安风物、在地民艺为基础，打造市民、游客品味吴越文化的好去处。

临平：古城竞逐微短剧

塘栖村地处杭州东北部，位于千年古镇塘栖的腹地，是典型的江南鱼米之乡。大运河流淌而过，也为当地留下了宝贵的物质资源与文化财富。

2024年底，讲述塘栖故事的微短剧《水韵风情梦塘栖》在抖音、快手、YouTube、来看短剧等平台上线。该剧以塘栖村党委书记唐国标的真实故事为蓝本，讲述了1998年至今，基层共产党员唐建斌带领村民改变家乡面貌的故事。

这12集的微短剧作品，真实呈现了一个村20余年的变化，展现出全国乡村振兴的壮阔图景，让塘栖村与时代、国家的命运有了更紧密的联系，以乡村的变化延展出时代的重要命题。

以紧凑节奏展现普遍变化，这种贴近性让观众有代入感。

为了真实再现1998年特大洪水事件的震撼场面，这部微短剧制作团队运用AIGC技术精心制作了众多特效镜头，以高成本为观众带来沉浸式的观感体验。

这部微短剧由杭州市临平区委宣传部指导，容量短剧、华数探索、之江电影集团共同出品，入选了国家广电总局"跟着微短剧去旅行"创作计划第四批推荐剧目名单。

剧组先后前往塘栖古镇、塘栖村、超山风景名胜区等多地取景，同时吸纳了"千福宴""千家福"等特色人文活动及塘栖当地非遗表演和传统技艺，将微短剧视听内容与文化旅游产业有机融合，突出展现了当地的自然景观和人文风俗。

作为临平微短剧的代表作，2024 年，除《水韵风情梦塘栖》外，《赵小姐的日记》《南风知君意》等临平本地创作的微短剧也入选"跟着微短剧去旅行"创作计划推荐剧目名单，为当地微短剧精品化探索画上阶段性句点。

什么是微短剧？

相比四五十分钟一集的影视剧，短则几十秒、长则不超过 15 分钟一集的微短剧，在较短时长里呈现人物设定与故事情节，从而紧紧抓住观众情绪。

在所有艺术形式中，微短剧虽然属于当下十分年轻的文艺类型，但其发展态势令人刮目相看。

中国网络视听节目服务协会发布的《中国微短剧行业发展白皮书（2024）》显示，截至 2024 年 6 月，我国微短剧用户规模已达到 5.76 亿人。这一用户基数超越了网络外卖、网络文学、网约车、网络音频等多类基础数字服务领域的用户数，标志着微短剧成为公众数字生活中的重要板块。

微短剧出海同样势头强劲，为传播中国文化和价值观提供了新路径。2023 年以来，多家中国微短剧企业积极布局海外市场并取得亮眼成绩，多款国产微短剧应用在欧美、东南亚市场的下载量与内购收入屡创新高。

首届杭州·微短剧大会（图源：杭州市临平区委宣传部）

大力推动文化创新，探索发展城市人文经济学，杭州市临平区在微短剧风口上脱颖而出。

临平历史悠久、文化绵长，有7000年人类居住史、5000年人类文明史、1800年文献记载史、1000年建城史，被誉为"丝绸之府、花果之地、鱼米之乡、人文之邦"，自古便是繁华富庶城、江南清丽地。

古运河上塘河、京杭运河、临平运河二通道，三条"古今运河"在临平区形成了三面环绕、中线横穿的地理空间结构。这一独特区位让临平在大运河保护、传承、利用方面，既具有得天独厚的有利条件，也肩负着文脉传承的责任担当。

临平又是总人口超过150万、经济总量超过千亿元的活力之区，40周岁以下的青年人才数量超过15万人。立足工业大区、制造业强区，临平在文化产业上开辟了新赛道。

聚焦"古今运河·时尚临平"城市IP，依托文化创新激活年轻元素，临平将目光投向微短剧。

打造"最懂微短剧的地方政府"——临平区抢抓微短剧产业风口机遇，通过强化要素供给、汇聚优势资源、放大品牌效应，形成"一基地、一政策、一基金、一大会、一计划、三中心"的"513"微短剧发展体系，完善"写作—拍摄—投资—播放—评价"的微短剧全产业链，加快推动大视听产业高质量发展。

走在户外，酒吧、餐厅、便利店等多个街景以不同风格匹配多种微短剧类型；来到室内，实景影棚布置了46套223种场景，仅一个医院场景就设置了服务窗口、病房、手术室、CT室等多个小场景，可以较好满足各种影视拍摄的专业化诉求……

临平打造的"临影厂"，是全国首个微短剧影视拍摄基地。截至2024年底，这里有近2万平方米的实景拍摄区域，还配备了华东地区单体最大的综合性影棚，以及宿舍、食堂、服化道间、演员公会等场所和机构，提供从开机到杀青的一站式、零距离服务。

微短剧的拍摄周期通常只有4—6天，意味着那些大大小小的后期制作公司、服装器材租赁公司、场景搭建公司等服务机构，不仅要与客户的距离足够近，对需求的响应也得足够快，而"临影厂"恰恰具备了这样的优势。

保护好、发展好一种创新的文艺形式，关键是将"守正"前置。

事实上，多在小程序、短剧App及其他社媒视频平台播放的微短剧，其兴起路上也伴随着不少争议，消费陷阱、内容低质等问题一度凸显，被称为"野蛮生长"。

早在微短剧发展之初，临平就提出要聚焦精品化，加快构建良好的产业环境，推动微短剧创作品质升级，同步引领行业向前发展。

2023 年 9 月，临平区就推出了微短剧《临平，向幸福出发!》。该剧以杭州市临平区塘栖古镇一户制作非遗糕点的家庭的故事为原型，讲述了古镇老字号糕点传承人李昊与儿子共同经营非遗糕点店遇到的坎坷经历。此剧在杭州亚运会期间上线后，为京杭运河边的塘栖古镇吸引了一大波游客。

"用电影感的视听展现塘栖的宁静与美丽，水乡特有的风情和韵味""唤醒属于皮影戏的那段民俗记忆"……在临平区举行的"2024·来浙行大运"微短剧评选路演活动上，一个个发生在运河边的鲜活故事在创作者口中娓娓道来。

从做好"引导者""服务者"，到尝试成为"创作者""出品人"，临平努力推动微短剧产业运行在品质优先的轨道上。

截至 2024 年底，临平已引入优酷文化、好酷影视、点众科技、九州文化等一大批优质视听企业，创成浙江省广播电视和网络视听产业基地（园区），并通过举办全国性微短剧行业活动——杭州·微短剧大会，出台微短剧产业政策，设立亿元微短剧基金，推行青年网络编剧激励扶持计划，打造线上剧本创作服务平台"剧本工厂"等系列举措，持续强化助力行业发展的多元要素供给。

2024 年 12 月，杭州市临平区举办的新时代文化临平工程成果新闻发布会透露，该年度临平全力打造"全国微短剧名城"，已引进微短剧产业链上下游企业 200 余家。这一年，"临影厂"被纳入浙江省级大视听产业重点项目，吸引了近 400 个剧组进场拍摄。

2025 年，临平的发展谋划更为笃定，将着重从三方面进行发力。

　　精品化仍然是一以贯之的目标。临平将积极推动"微短剧＋"赋能千行百业，依托第二季青年网络编剧激励扶持计划，以人才有效支撑精品创作，围绕先进制造业、品牌定制、基层治理、个体生活等领域，深度打造引领时代、艺术精湛、制作精良的重点精品微短剧。

　　同时，临平将着力推动优质微短剧作品的跨屏生产和传播，打通电视台和网络平台、移动端和大屏端等播放渠道，拓展电影、长剧与微短剧间的转化渠道，实现 IP 价值最大化。

　　此外，临平将进一步擦亮"杭州·微短剧大会"品牌和"临影厂"数字影视基地厂牌。借助"杭州·微短剧大会"，做好以会招商、以会引才、以会兴业，提振产业能级；抓住"临影厂"成为临平数字影视基地的发展新机遇，推动"临影厂"从微短剧拍摄基地向数字文化出海标准化基地迈进，实现高能级跃升。

"临影厂"剧组拍摄花絮（图源：杭州市临平区委宣传部）

横店：掌媒时代启新风

走进横店影视城春秋战国城拍摄基地，剧组工作人员正在筹备一场两军对峙的戏。远处，一队"骑兵"扬鞭而至。马队的主人，是一位皮肤黝黑的中年人。作为横店发展影视产业后的第一批外来"淘金者"，"横漂"史清学通过为剧组提供道具赚取租赁费赚得了"第一桶金"。

中国三分之二的古装剧都在横店拍摄，而古装剧又需大量古装道具，尤其缺少马匹。史清学从中看到了商机，随着业务不断拓展，他建立起影视城马匹道具租赁的绝对优势，最多时拥有近 200 匹战马，被称为横店"车马道具大王"。

伴随影视剧产业的繁荣，横店成了许多人圆梦的地方。比如，庞大的群众演员需求，使得在横店影视城演员公会注册的"横漂"演员的数量超过 14 万人。

一头连着城，一头办学校。作为浙江省唯一的影视特色高职院校，浙江横店影视职业学院立足服务影视全产业链，涵盖相关专业 29 个，累计输送了过万名影视人才。

影视，作为现代社会最具影响力的艺术形式之一，是文化传播的重要载体。在光影交错的影视世界里，精彩的剧情、出色的表演、丰富的场景，无形之中都在传递文化信息。

在中国影视文化版图上，浙江占据重要地位，产生过许多个"第一"。在浙江文化版图上，影视文化也光彩夺目，其中尤以横店为最。

截至 2023 年，横店的影视文化企业出品的《长津湖》《峰爆》《热辣滚烫》等近 70 部电影陆续登陆海外院线，占全国出口电影总数的 55.8%；《开端》《传家》等在全球 90 余个国家和地区播出；《延禧攻略》作为中国文化全球传播的现象级作品，被翻译成 15 种语言；弘扬中华传统美食文化的《珍馐记》是第一部在美国迪士尼频道上线的华语剧……

1996 年，横店悄然搭建起了它的第一个电影实景拍摄建筑群，从偏僻山乡到"东方好莱坞"的故事就此开启。

日积月累、开疆拓土，从道具到置景，从美术到灯光，从艺人经纪到院线发行，从"横漂"群体到专业人才，但凡跟影视沾边的，不管最终成品是在电影院里公映的，还是在电视里播出的，甚至是在抖音、快手上传播的，横店全都"管"。

从 1996 年成立至 2024 年，横店影视城共有 50 余个影视实景拍摄基地，是国家 AAAAA 级旅游景区，累计接待剧组 5000 余个，总共拍摄影视剧 10 万余部（集）。

横店影视产业发展的背后，是浙江省域文化事业发展的壮阔图景。

2003 年 7 月，浙江省委、省政府把"进一步发挥浙江的人文优势，积极推进科教兴省、人才强省，加快建设文化大省"，作为实施"八八战略"

的一项重要举措。

立足对本地文化的独特性及其对经济社会发展的支撑和引领作用的深刻把握，浙江实施文化建设"八项工程"，提出了一系列极具战略性考量和前瞻性擘画的文化领域改革举措，架起了浙江文化改革发展的"四梁八柱"。

伴随文化大省建设一路走来，以横店影视城为典型代表的影视产业，成为浙江文化版图上的一张金名片。

横店影视城全貌（洪益伟 摄）

2004 年 4 月，国家广电总局正式批准设立了全国首个国家级影视产业实验区——浙江横店影视产业实验区。

如今的浙江横店影视产业实验区已经是国内最具活力的现代影视产业集群，吸引了 2000 余家影视企业和艺人工作室，其中包括正午阳光、博纳影业、爱奇艺等影视巨头。

影视产业勃发，同样离不开通过改革构建的产业配套服务体系。

比如，横店设立了文化产业发展专项基金，创办了影视职业学院，探索出"横漂"演员职称晋升办法等，因此被称为"最懂中国影视产业的地方"。

举办横店影视节、横店 OST 音乐节、横店文化娱乐和旅游美食博览会、横店马拉松……以影视促文旅，横店已形成了"多数开民宿、户户搞旅游、人人有钱赚"的发展态势，各类宾馆、民宿超过 500 家。

步入 2024 年，横店影视城再掀项目建设的新高潮。在横店镇华夏大道以北、影视大道以西的地块上，占地 67 亩、总建筑面积达 16.69 万平方米的"演员村"正在加紧建设中。不远处，横店影视城长乐街、宋代府邸影视基地等项目也已破土动工。

2024 年，横店影视城全年接待传统剧组 523 个，同比增长 7%，总数创下历史新高。

传统剧组再现繁荣，古装剧、历史剧、传统题材潜移默化地影响着观众的文化认同和审美观念，折射出中国传统文化的时代生命力。

而正是依靠敏锐的文化触觉，横店影视产业历久弥新。

从《甄嬛传》到《延禧攻略》，从《潜伏》到《伪装者》，横店影视与文旅的"双向奔赴"已成为拓展影视产业链、带动地方旅游业发展的常见方式。

随着微短剧爆火，横店同样站在风口最前沿。业内戏称，早早占据文化产业大荧幕的"横店"，也在微短剧兴起时变成了占据手机屏的"竖店"。

2023 年以来，到横店影视城拍摄的微短剧剧组呈现井喷之势。2024 年，横店影视城全年接待"竖屏剧"剧组高达 1190 个。

从"横店"迈向"竖店",变革在于屏幕形态的跃升,不变的是横店作为全球影视实景拍摄地翘楚的科技魅力与竞争力。作为影视创新高地,横店凭借高科技产业链配套齐、智能化服务好的优势,吸引全球剧组汇聚此地创作。同时,众多"横店智造"影视作品正以科技为翼,闪耀国际舞台,成为推动全球影视文化传播的科技窗口。

在 5000 多年文明发展进程中，中华民族创造了博大精深的灿烂文化，要使中华民族最基本的文化基因与当代文化相适应、与现代社会相协调，以人们喜闻乐见、具有广泛参与性的方式推广开来，把跨越时空、超越国度、富有永恒魅力、具有当代价值的文化精神弘扬起来，把继承传统优秀文化又弘扬时代精神、立足本国又面向世界的当代中国文化创新成果传播出去。要系统梳理传统文化资源，让收藏在禁宫里的文物、陈列在广阔大地上的遗产、书写在古籍里的文字都活起来。①

习近平

（2013 年 12 月）

① 习近平：《习近平谈治国理政》（第一卷），外文出版社 2018 年版，第 161 页。

越地长歌

第五章

YUE DI
CHANGGE

乌镇夜景（李泽浩 摄）

国家版本馆：中华文明基因库

2022 年 7 月 30 日，中国国家版本馆"一总三分"正式开馆。藏之名山、传之后世，中央总馆选址于北京城中轴线北延长线上、燕山脚下，3 座分馆分别位于西安秦岭圭峰山、杭州良渚、广州凤凰山。

国家版本馆建设的初心宗旨，是在当下这个历史阶段，把自古以来能收集到的典籍资料收集全、保护好，把世界上唯一没有中断的文明继续传承下去。

以建设国家版本馆为实体依托的"中华版本传世工程"，是国家从文化安全和文化复兴战略高度部署的一项重大文化工程。

什么是版本？

在大的概念里，凡是承载中华文明信息的介质都叫版本。古人在陶罐上、在洞穴里留下的史前符号，是一种版本；现代文明下喷薄而出的数字信息，是一种版本；有着鲜明中国特色的国家版本馆建筑本身，也是一种版本。

作为重要的文化载体，版本传递着中华民族的思想文化和智慧，反映

和见证着一个时代的文明成就。

我国历朝历代都把版本保藏、传承放在重要位置。从周代的守藏室、秦代的石室，到汉代的天禄阁、唐代的弘文馆，再到宋代的崇文院、明代的文渊阁、清代的"四库七阁"，专藏机构绵亘千年。

作为新时代的国家文化殿堂，国家版本馆肩负文化使命，是展现新时代恢宏气象的新高地、传承中华文明的新标识、彰显中国精神的新阵地、展示中国形象的新窗口，是中华版本典藏中心、展示中心、研究中心、交流中心，承担着发挥以史鉴今、启迪后人的重要作用。

杭州国家版本馆的诞生，是浙江新时代文化高地建设过程中浓墨重彩的一笔。

位于杭州市余杭区瓶窑镇，距离良渚古城遗址约3千米处，杭州国家版本馆随山就势，与周边山脉水系、藤蔓树木自然融合，尽显掩映之美。

置身杭州国家版本馆，仿佛走进了宋代山水画，亭台楼阁间尽显清雅古朴。不同于传统博物馆的庄严肃穆，漫步在馆内，可以看到其在布局上更注重融合自然环境，在建筑风格上凸显精巧雅致，在构建技艺、材料特性上都符合当下审美。

一位"90后"讲解员说："别说前来参观的游客了，我们每天在这里工作也是一种幸福。"

杭州国家版本馆又名"文润阁"，是突出宋代园林神韵的当代藏书建筑，尽显中华文化风雅之姿。它集图书馆、博物馆、美术馆、档案馆、展览馆等功能于一体，是中央总馆异地灾备库、江南特色版本库，以及华东地区版本资源集聚中心。

杭州国家版本馆（文润阁）（图源：杭州国家版本馆）

青瓷、青铜、夯土，水榭、连廊、园林，龙井、松树、莲花，北宋范宽的《溪山行旅图》、南宋李唐的《万壑松风图》映入眼帘……这座新时代的现代建筑，凝结着无数个具象的中国文化符号。

中国美术学院建筑艺术学院院长王澍设计文润阁时，定下的设计理念是"现代宋韵"。

最具辨识度的建筑设计——梅子青色的青瓷屏扇门，可随开关形成画屏，在阳光下呈现绚烂色彩。

文润阁的这一创意，来自南宋画家马远的《华灯侍宴图》。王澍想到，可以利用地势形成平远递进，用屏风一样的层层屏扇，去呈现层次的魅力。

版本馆内，文韵悠扬。

藏品是杭州国家版本馆立馆之本、建馆核心。杭州国家版本馆馆藏包括与宋文化相关的版本，以及革命文献、写本文献、文献集成。按照"潮起之江——'重要窗口'主题版本展""文献之邦——江南版本文化概览展""盛世浙学——浙江文化研究工程成果展""千古风流——浙江历史文

147

化名人展"4个主题,集中展出珍贵古籍、文物、手稿等。

盛世修文,一大批收藏家、专家等加入国家版本馆的文化建设行动中来。

杭州国家版本馆"文献之邦——江南版本文化概览"的展柜中,一本《永乐大典》在柔和光束的映照下熠熠生辉。

2020年7月,流落海外的两册《永乐大典》在某拍卖会上被一位华人竞得,其背后真正的买主就是金亮——浙江奥特莱斯广场有限公司的董事长,也是浙江省古典文献研究会会长,一位颇具专业功底的收藏家。

此后经历重重曲折,金亮将这两册《永乐大典》运回了国内,并寄存入藏杭州国家版本馆。

《共产党宣言》系列版本1140多册,五代雕版《陀罗尼经咒》、吴越国时期的"雷峰塔藏经"、西夏中后期汉文活字印本、元刻本、清代手抄本等在内的10种782件(册)珍贵古籍,都是金亮先后多次向杭州国家版本馆捐赠的。

他说,将这些珍贵的典籍托于版本馆,可以使古籍得到更好的保存和研究,也能让更多人领略中华文化的源远流长、博大精深。

文润阁2022年7月开馆时,馆藏数量是100万件(册),两年后突破了330万件(册)。在一批批捐赠者看来,收藏古籍不仅仅是个人的兴趣爱好,更是一项意义深远的文化传承事业。

"建成"还要"用好","面世"更要"传世"。作为浙江文化新地标,杭州国家版本馆承载了中华优秀传统文化版本的历史,搭建起了当下与历史的对话,观照古今。

专注于把历史典籍版本收集全、保护好、传承下去，杭州国家版本馆致力于成为版本典藏宝库、版本研究高地、版本普及中心、版本活化窗口，扎实推进版本征集、保藏、研究和开馆运行等工作，全面提升综合效能。

除了综合运用拨交、呈缴、捐赠、购买、交换、寄存等多种方式推动版本征集入藏，杭州国家版本馆还创新开展创作、研究征集活动，先后组织创作以"茶文化""宋文化"等为主题的金石版本，实施古旧雕版"新印"项目以重现"善本"，通过整理、释读、出版的方式，推动重要文献版本入藏和传播。

浙江美术馆：文艺星火长画卷

2024 年岁末一个清晨，西湖边薄雾轻烟，水面如镜，落叶与湖水共同"创作"的"冰凌书签"正走红。当这幅冬日风光图从视野内移至画框中，"速写作为一种生活方式"公共教育活动也迎来收官。

这项活动的主办方是浙江美术馆。它通过课程、讲座、创作和展览等多种形式，让不少市民认识了速写艺术，带给公众记录生活、表达情感的新方式，旨在鼓励社会各界人士拿起画笔，将速写融入日常。

既有烟火人间的小清新，又有黄钟大吕的名家展。同样是辞旧迎新之际，跨年大展"象外大千——张大千'传统性创造'与'全球性塑造'研究展"在浙江美术馆压轴启幕。

主办方认为，这不仅是一次人文艺术与西湖美景之间的绝妙交响，也是对艺术巨匠张大千的无限追溯和深情致敬，更是对中华优秀传统文化传承与创新的一次生动展现。

如果说之江文化是一幅长卷，那么美术堪称其中浓墨重彩的片段。

宋元明清时期，浙江美术大家辈出，有徐渭、陈洪绶、赵之谦、任伯年等，他们的许多名作在中国美术史上留下深刻影响。新中国成立前后，浙江又涌现出黄宾虹、潘天寿、沙孟海等一批著名艺术家。

将弘扬美术视为文化传承的重要方面，多年来，浙江将美术事业发展摆在突出位置。浙江美术馆的建设历程，就充分显示了这一点。

改革开放初期，浙江美术界曾多次呼吁，要求建设一座大型美术馆，以适应省域美术事业发展和举办国家级大型美术展览的需要。1991 年，在浙江省文联、浙江省文化厅（今浙江省文化广电和旅游厅）的共同努力下，浙江省政府批准了建设省级大型美术馆的立项，美术馆定名为"浙江西湖美术馆"，并请沙孟海先生题写了馆名。

此后多年，出于地块限制、经费不足等多种原因，浙江西湖美术馆虽然建成，并做了扩建的动议与努力，但一直跟不上全省美术事业发展的需要。

2002 年 3 月，浙江省委、省政府同意立项建设一座大型的省级美术馆——浙江美术馆，并将其作为浙江省"五大百亿"工程中的"百亿科教文卫体建设"工程重点项目。

前期工作紧锣密鼓开展后，困难一个接着一个产生。由于涉及部门众多，动迁工作难度很大。基建组的同志们为此十分发愁。

2002 年 11 月下旬，时任浙江省委主要领导得知筹建美术馆遇到困难，立即给予高度重视，并明确表示"新官要理旧事"，这项工作由他亲自抓，并要切实加快工作进度。

那时，大家的目标是在西湖边建设一座具有"中国风"的一流美术馆。

今天的杭州南山路万松岭下，浙江美术馆掩映在一片山水之间，它以钢结构的坡屋顶馆舍成了西湖边独一无二的地标。

2005年5月奠基开工，2009年8月正式开馆，建筑面积3.2万平方米的浙江美术馆，至今仍然是国内展陈条件最好的重点美术馆之一。从最早1991年立项的浙江西湖美术馆，到2009年落成开馆的浙江美术馆，几经曲折，浙江终于拥有了一座大型现代化美术馆。

美术与文化的内在联系，细腻而深刻。作为一门美学艺术、一种文化积淀，美术对人的精神世界有着直接影响。

中国传统美术形式丰富多样，包括绘画、雕塑、工艺、书法、篆刻等门类，其技法积淀深厚，是宝贵的优秀文化遗产，能够表现中国文化的多样性和独特性。比如中国画，使用毛笔、墨汁等材料，作品美感别具一格。

美术求美，亦能承载和传递价值观。相较而言，西方传统美术更注重"求真"，而中国传统美术更注重"求善"，既有审美功能，又有道德功能。

　　将美术之"艺"与根本价值标准"道"统一起来，并落实于做人的道理，这在中国传统美术思想中广泛存在，几乎是共识。擅长书画的苏轼在《书李伯时〈山庄图〉后》中就说："有道有艺。有道而不艺，则物虽形于心，不形于手。"意思是说，美术作为一种"艺"，能把心中的"道"通过手表达出来。

　　再比如，在中国传统文化观念中，作为美术元素的梅、兰、竹、菊被称为"四君子"，即以自然事物能够适应艰苦环境、优美雅致等属性比喻君子坚韧不拔、品行高洁等道德属性。古人以"四君子"为题材，留下了大量优秀作品。

　　2009年8月开馆以来，浙江美术馆在展览、典藏、公共教育、国际交流等方面守正创新，取得了积极成效，获评国家级荣誉百余项，业务发展、

浙江美术馆（图源：浙江美术馆）

制度建设、标准制定、口碑和影响力树立均在全国起到标杆示范作用，位居全国美术馆领域第一方阵。

打造品牌展览。浙江美术馆重点打造"东方智慧"原创展览品牌，近年来推出"盛世修典——'中国历代绘画大系'先秦汉唐、宋、元画特展""山海新经——中华神话元典当代艺术展""水印千年——中国水印版画大展""意造大观——宋代书法及影响特展""艺者风华——浙江油画百年大展"等大展，推动优秀传统文化创造性转化、创新性发展。

活化藏品资源。浙江美术馆藏品数量超 3.3 万件，形成"浙江百年书画""浙江现代版画""浙派人物画"馆藏特色。通过"文化＋科技"，搭建全国首个行业通用的"藏品云"，覆盖全国 8 个省份，获评 2024 年文化和旅游数字化创新示范"十佳案例"。

开展公共教育。浙江美术馆开展"速写作为一种生活方式""流动美术馆""小角见大师"等公共教育项目，"到美术馆画速写"成为现象级热点。

深化国际交流。浙江美术馆组织赴法国、日本、意大利、西班牙、罗马尼亚等国举办"纸上谈缤——中华纸文化当代艺术展""山海新经——中华神话元典当代艺术展"，对外讲好中国故事。

浙江美术馆 80％以上的馆藏品来自征集和捐赠，还有一小部分为社会寄存、代管。馆藏重点包括浙江古代美术史的梳理收藏，唐宋书画都在收藏范围内，重点是晚明清初这一时期。此外还有反映近现代美术史的作品，从国立艺专时期到中国美术学院一脉，展现了各个时期的创新思潮、代表人物的作品等。

"博物馆需要'镇馆之宝'，美术馆的收藏重点不在这里。"在浙江美术馆馆长应金飞看来，现代美术馆需要的是学术的完整性，在收藏传统艺术作品的同时，还必须关注当下发生的事情。即便一些作品暂时没有什么市场价值，但只要它在艺术史上有学术价值，浙江美术馆依然会认为这是好的藏品。

与时代同行，浙江美术馆不断焕发新光彩。

2024 年，浙江美术馆二期工程被列入中华民族现代文明建设浙江探索"十大行动"重点项目。与一期老馆形成差异化定位，二期工程重点聚焦现当代美术作品和美术文献的展览、典藏、研究、公共教育、传播等职能，致力建设成具有国际视野、中国气派、浙江气韵，充分展示中华民族现代文明的浙江探索与成就的重要文化窗口，促进中外文化交流合作的重要平台，优质公共文化服务全民共享的新时代文旅融合新地标。

乡村博物馆：乡土文化传承馆

浙江省东部钱塘江下游，奔腾的曹娥江在山麓平原间穿行而过。山水交融之间，有一座名扬数千年的江南小城——绍兴上虞。

上虞文化底蕴深，其名字中的"虞"就取自虞舜。自秦朝以来，历朝历代中的上虞或单独成县，或并入当时的会稽、越州、绍兴等地。无论作何名，上虞一直是繁盛之地，历史文化绵延不绝。自民国以来，这里的文化发展又兴起了一轮新高潮。

20 世纪 20 年代，夏丏尊、朱自清、丰子恺、朱光潜等一批新文学名家以上虞春晖中学为落脚点，在从事教育工作的同时开展新文学活动，留下大量作品，在当时和后来都产生了重大影响。

有着"北南开、南春晖"美誉的春晖中学，筹建于 1919 年，其创办与早期发展对全国的教育事业产生了重要影响。在首任校长经亨颐的影响下，蔡元培、黄炎培、张闻天、叶圣陶、陈望道、弘一法师等一批鸿儒来校交流、讲学。

大师的足迹与思想，名家的人格与魅力，巨擘的成就与光芒，是足以滋养一方水土的文化元素。何以赓续这历史文脉，让文化观照后人、历久弥新？

原址原味，上虞建起了一座座乡村博物馆，以有形的方式，将本地文化元素固定下来、有效传承。

春晖名人故居馆位于春晖中学北校门外象山南麓，靠山面湖，自西向东依次建有6处纪念室，分别是春社、山边一楼、晚晴山房、小杨柳屋、朱自清旧居、平屋。

绍兴素被誉为"没有围墙的博物馆"。近年来，像上虞一样，绍兴各地不少村落陆续建起各式各样的博物馆，用以保护传承古越大地璀璨人文。

煮蚕豆、看社戏、放牛、钓虾，走进绍兴市越城区鲁迅外婆家朝北台门陈列馆，课本里描述的场景尽在眼前。

除了实物、照片、文献资料，这座陈列馆还借助全息纱幕投影、影音播放等技术，设置了"摇到外婆桥""社戏音绕梁"等数字化展陈场景。充

春晖名人故居馆·晚晴山房（朱胜钧 摄）

满"乡土味"与"炫酷风"的第二课堂，让中小学生对鲁迅故乡的乡土文化有了深刻印象。

如果说乡村是中国文化长河中的一个个码头，那小小的乡村博物馆就是码头上装满乡土文化历史的一座座宝库。

一张老照片，一件老物件，一段乡土方言，承载着几代人的生活和记忆，讲述着乡村文化的悠久与厚重，成为当地历史文化、民俗风情的有机载体。

提起博物馆，不少人的第一反应是"高大上"，是城市里的东西。然而近些年，在浙江农村，村史馆、陈列馆、展示馆、文献馆、乡愁馆、展览馆等各式各样的乡村博物馆，如雨后春笋般建立起来。

湖州市长兴县小浦镇方岩村的许家老宅内，有一座浙江省五星级乡村博物馆——长兴芥里婚庆博物馆。

长兴芥里婚庆博物馆（图源：长兴县委宣传部）

约 500 平方米的场馆内，展陈了恋爱信物、婚礼用品、新婚盛装、拜堂场景等，再现了明清以来不同时期的婚俗和婚房。馆内明清时期的雕花婚床、新娘梳妆盒、储物盒，解放初期的陪嫁礼担、旧式箱柜，20 世纪六七十年代的结婚申请书等实物都来自当地村民家中。

延续老一辈人留下来的礼节习俗，当地村民结婚从许亲、迎亲到接亲、成亲，有一套独特而严谨的礼仪。小浦镇就此打造了"芥里婚庆"沉浸式演出，其中包含的撑门、抢喝合梅酒和吉祥茶、吃上轿饭、接麻袋等仪式让游客大饱眼福。

芥里婚庆已经出了名。不光村里，县里很多人家结婚，也特意联系芥里婚庆承办婚礼接亲仪式，办一场接亲就可以为村里增收 6000 多元。

这座活态的乡村博物馆，让方岩村的村民更加自觉地参与保护和传承自家文化。

承载历史、凝结记忆的博物馆，是摸得到的文明的根与脉，是保护和传承人类文明的重要殿堂。大到国家，小到村落，博物馆都是联结过去、现在、未来的桥梁。

浙江是文物大省，文化遗产丰富。在基本完成"县县有博物馆"的建设目标后，乡村博物馆建设计划被提上日程。2021 年 9 月，作为全国 3 个乡村博物馆建设试点省份之一，浙江启动乡村博物馆建设项目，提出在"十四五"期间建设 1000 家乡村博物馆。

留住乡村文化之根，让触发乡愁的老物件留存下来，让原汁原味的乡土文化传承下去，并在新时代发展中浸润人心、绽放新光彩，建设乡村博物馆无疑是一条好路子。

在农村建设博物馆，也有质疑的声音：什么是乡村博物馆？标准如何界定？是不是搞噱头？能保持活态吗？能不能当作一项乡村发展工作长久做下去？对此，浙江省展开了诸多开创性探索。

浙江省文物局和浙江省博物馆学会反复研究修改了十多次，于 2022 年 4 月出台了《浙江省乡村博物馆建设指南（试行）》，首次提出"乡村博物馆"的定义：乡村博物馆是位于乡村范围内，传承中华优秀传统文化，弘扬社会主义核心价值观，以重点展示、传播、收藏和传承地域历史文化、特色文化、革命文化及乡村生产生活、非遗保护、产业发展见证物，向公众开放，具有博物馆功能的文化场馆。其中明确规定乡村博物馆的展览面积应不少于 100 平方米，藏品数量应不少于 50 件（组）。

通过组织过程指导与严格验收，浙江乡村博物馆有的以原有乡村展示馆为基础进行提升，有的依托文保单位增强了展示功能，有的利用厂房等原有建筑物改建或新建，还有的作为文旅融合项目进行专项建设或提升。

或传承红色文化，或回顾乡愁记忆，或介绍地方名人，或展示当地优势产业和资源，乡村博物馆成为"标准博物馆"在农村的延伸，拓展和丰富了农民的精神世界。

文化特派员：以文兴村播种者

2025 年 2 月 20 日，浙江召开全省文化特派员工作年度推进会，这一创新制度在实施的一年中，持续受到各方关注。

什么是文化特派员？可以到 2025 年元旦正式启用的"浙江省文化特派员之家"一探究竟。它位于杭州市拱墅区祥符老街卧虹桥北侧，是一个依托历史保护建筑茧行打造的学习交流空间、文化会客厅和文化特派员工作展示馆，整合学习交流、文化沙龙、非遗传承、创意孵化、展览展示等多种功能，融合文化特派员文创产品、咖啡茶饮售卖等多种业态，其中文创产品由文化特派员与各派驻地共同打造、提供。

自 2024 年春天，浙江创新实施文化特派员制度以来，已从全省宣传文化系统单位、相关机关、高校等，选派首批省、市、县（市、区）三级文化特派员 1573 人赴乡镇（街道）、结对村（社区）开展为期 2 年的基层文化建设工作，原则上，每人每年要在当地工作 100 天左右，每月至少赴基层服务指导 1 次。

派人才、带资金、送项目、传播理论、更新理念……文化特派员激活

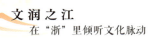
了基层思想文化建设的"一池春水"。

让更多乡村从"空心化"的颓势中转轨，让"口袋鼓起来"的农民"脑袋富起来"，让乡风文明成为浸润人心的力量之源——文化特派员，是继科技特派员、农村工作指导员之后，浙江农村迎来的又一批以乡村振兴为己任的队伍。这一举措也是浙江省学习贯彻习近平文化思想，深化"千万工程"、缩小"三大差距"、推进共同富裕的创新之举。

时代之需

为什么要选派文化特派员？

当前，浙江正扎实推进共同富裕示范区和中国式现代化建设，随着物质生活日益富足，人民群众对精神文化的需求越来越高。但文化发展不平衡、不充分问题还不同程度存在，最大的短板在农村，最大的潜力也在农村。

根据浙江省委宣传部的规划，面向社会各界，重点面向全省宣传文化系统单位、相关机关、高校和各类理论宣讲、文化艺术协会（学会及团体）等开展文化特派员选拔。省级每期选派 100 位文化特派员。

在所驻乡镇（街道）范围内，重点指导 1 个行政村，结对 1 家新时代文明实践站或农村文化礼堂，开展理论政策宣讲、文化服务供给、文化品牌打造等工作……文化特派员在浙江广大农村种文化、育文明、促共富、展示美。

"文"香识"玉"——2024 年 10 月 26 日，为期一个月的玉环文旦农文旅融合主题展在浙江自然博物院内正式开展。展会围绕文旦展开，在普及文旦知识的同时，特别设置了农文旅融合体验区，借玉环文旦成熟上市之际，全方位展示"东海碧玉 人间蓬莱"的农文旅独特魅力。

展会顺利举办，玉环声名远播，离不开文化特派员的鼎力支持。

2024年5月，浙江自然博物院科普服务部主任徐昳昀，作为省级文化特派员，被派驻到玉环市清港镇垟根村。初到海岛，她马上实地走访调研垟根村的文旦会客厅、文旦花开创意产业园、文化礼堂等地。

"看到改造后的柚乡风貌，我没想到现在的农村'颜值'这么高！"提起对垟根的初印象，徐昳昀满是惊喜。

作为首批台州市"艺术乡建"特色村，垟根村以文旦艺术为特色，一直致力于农文旅产业发展。特别是在推进文化共富方面，垟根村重点建设省五星级文化礼堂、柚见花开"共富工坊"、文旦会客厅和文旦花开创意产业园，阵地总面积超过2000平方米。

省级文化特派员徐昳昀带领"小小文旦野调员——海岛生态营"小学员参观垟根村文旦数字中心（吕琼雅 摄）

在此基础上，村里组建的文化艺术团队直接参与"艺术乡建"工作，通过常态化指导开展文艺活动，组织策划展览展示、公益培训等，真真切切让乡村文化"活起来"，村民精神"富起来"。

除此之外，垎根村还以文旦艺术为特色，连续举办了多届玉环文旦旅游节，通过文旦拍卖会、供采对接会、文旦采摘游等活动，助力乡村振兴、村民共富。在艺术教学方面，垎根村与玉环市文化和广电旅游体育局、市青少年宫等单位结对，为不同年龄段人群提供研学实践教育基地。

在垎根村已有基础上，徐昳昀利用自身优势积极搭桥，推动乡村文化的创新与发展。

文化特派员一个人带动一个团，助力一个村。

在浙西南的浙闽交界处，绿水青山间掩映着一座拥有 1400 余年历史的古村落——龙泉市宝溪乡溪头村。文化特派员、浙江大学管理学院教授吴茂英进村之初，把时间都花在了走访村民、商户、非遗传承人上。

摸清了村里的文化家底和村民的文化需求后，她把浙江大学管理学院的"文化旅游""市场营销"课堂搬到了溪头村。围绕文旅发展战略、文化体验产品设计、文创产品开发、宝溪乡小学旧址活化等主题，同学们在村里深挖在地文化，激发创意思维，提供解决方案。

在浙江大学师生的建议下，溪头村的"不灭窑火"仪式有了更多沉浸式体验，衍生开发的夜游产品让更多游客在村里"多住一晚"，增设的青瓷展示空间让文化浸润人心……

在浙江各地，还有很多这样的文化特派员，他们紧密围绕当地乡村文化建设实际需求，充分挖掘利用优势资源，在浙江大地上书写文化答卷，与广袤乡村擦出不一样的"火花"。

播撒种子

把文化的种子播撒在肥沃的乡村土壤里。

按照相关制度设计，文化特派员要承担"1＋1＋N"系列任务，即在派驻乡镇（街道）范围内，重点指导1个行政村，结对1家新时代文明实践站或农村文化礼堂，开展习近平新时代中国特色社会主义思想宣传贯彻、文化服务供给、乡风文明建设、文化遗产保护、文化产业帮扶等N项任务，与乡村共同谋划推进1个文化项目，推进基层文化建设提质、扩面、增效，助力深化"千万工程"、缩小"三大差距"，赋能群众物质精神共奔"富"。

迎着2025年新年曙光，临海市尤溪镇义城村顺利举行义城书屋启动仪式。放眼望去，书屋内儿童绘本、文学名著和实用性强的农业科普书籍琳琅满目。

台州市级文化特派员郑红派驻义城后，迅速启动了3个项目，村民阅览室建设是其中之一。

义城村文化礼堂的前身是村小学。这栋始建于20世纪50年代的两层小楼可谓中西合璧的典范，外观参照了苏联建筑风格来设计，用大的石块建造，连廊的柱子之间采用了拱形的连接，而室内的原始设计是中式风，房间顶部是中国传统的梁椽结构。不过，后面经过几次翻修，特别是安装吊顶之后，这种结构已经面目全非了。这栋房子被用作文化礼堂后，一楼主要充当棋牌室。

郑红曾经数次徘徊在棋牌室门口向里面张望，总是感慨这么好的房子里堆满杂物，又脏又乱，太可惜了。犹如一个长得极其周正、标致的姑娘，偏偏蓬头垢面，不修边幅，很是令人不适。村里报项目的时候，郑红萌生了一个想法——要使这栋房子物有所值。于是她结合这个村子"文化人"比较多（最多时同期有 40 多名教师），村里儿童缺少活动场所的实际情况，决定把其中的两间棋牌室改建成村民阅览室。这个想法得到了镇村两级的一致肯定和支持。

说干就干，为了节约成本，郑红自己担任设计师和项目经理，基本上所有的材料购置和软装她都参与和把关，第一是为了有效控制成本和保证质量，第二是充分把握装修的风格，更好地保持这栋建筑原本的面貌和格调。其间，郑红感受到乡村建设中，美学表现是一个重点问题。

施工期间，村里一些老人经常会到工地监工。他们年轻时直接参与了这栋房子的建造，那些大的石头都是他们一块一块从山上背回来的。因为对这栋房子的感情深，所以他们对这个工程很是挑剔，一度出现各种质疑的声音。

郑红承受着压力，暗下决心，一定要干成！直到工程收尾，那些老人才满意了，改口说："市里来的文化人眼光就是不一样。"

后来，郑红在阅览室门前种花的时候，村民集体围观，她感受到空气都是热情和友好的。尤其是完工前最后一个晚上，村民纷纷过来帮忙，屋内屋外，人声鼎沸，热气腾腾，很是感人，让人联想起老电影里人民群众万众一心修水库的场景。搬家具的，把书放上架的，擦玻璃的，拖地的，插花的……大家井然有序，充分享受了集体劳动的温馨和乐趣。

这个阅览室得以顺利完工，除了临海市委宣传部、尤溪镇、义城村的支持，也归功于其他不少真诚帮助郑红的人。阅览室墙上的照片是王馨数次到义城村拍摄而成的，何继伟则把原本属于自己村的 500 册图书的份额无偿调剂给义城村。

墙上挂的，是将在义城村拍的实景做成了油画效果的照片。各式各样的花是山野里采的，花瓶是村民废弃不用的瓶瓶罐罐，一组合，美得让村里人惊讶。这个阅览室如今有个响亮的名字——义城书屋。它是村民喜欢且骄傲的"打卡"点，也是村里开展文化交流、政策宣讲活动的重要场所。

阅览室建成以后，郑红考虑以此为平台，以点带面，结合义城古道文化遗产，吸引众多游客和驴友，打造一些流量 IP；发动村里闲置劳动力，

台州市文化特派员郑红（右一）在义城书屋中与村里的小朋友一起读书（王馨 摄）

积极推广当地的美食、土特产、手工制品，以科学的方式推进乡村休闲和文旅融合，真正达到全村共富的目的。

据统计，文化特派员工作启动的半年多时间，浙江开展理论宣讲活动6200余场次，文艺演出、惠民服务等1.92万余次，共组建近4000支基层文化人才队伍。与文化产业相关的文化特派员派驻至今，为派驻地增收约1.21亿元。

着眼乡村全面振兴、推进共同富裕大业，这样的故事还在续写，文化特派员与广袤乡村的"双向奔赴"也仍在继续。

文化定桩

从文化场所的构筑到人文环境的改善，从优秀传统文化的传承到文旅时尚产业的兴起，浙江的文化特派员正和广大农民群众一起，建设更好的精神家园。

2024年底，在北京举行的"著名风物·传创典范"首批入围项目交流与纪念活动暨村BD城乡共创嘉年华元旦TED沙龙中，嘉兴桐乡市河山镇八泉村的"八泉村桑蚕丝被·蚕花廿四分"成功入围，这让浙江省农业科学院农村发展研究所副研究员顾兴国十分激动："这不仅是派驻服务工作成果的体现，更是对古老技艺的传承与发展的有力推动。"

八泉村坐落于中国重要农业文化遗产浙江桐乡蚕桑文化系统的核心保护区。2024年5月，顾兴国作为首批省级文化特派员派驻八泉村，就被这里深厚的蚕桑文化所吸引。村民说，八泉村栽桑养蚕、缫丝织绸的历史超过4400年，曾经是"家家种桑、人人养蚕、户户缫丝剥绵"。

越是深入了解蚕桑文化，越能感受到其独特的魅力，也越有保护、传承、利用的紧迫感。顾兴国陷入了思考：面对如此重要的农业文化遗产，文化特派员应如何将其品牌擦得更亮？

带着问题，他继续走访村民、村干部和本地文化人才，与当地谋划"乡村悦心、桑野八泉"蚕桑文化品牌建设项目，通过文献检索、航拍录像等手段，完成了 11 类 61 项乡村文化资源的资料搜集工作，建立了涵盖传统技术、传统农具、特色景观、节庆民俗等在内的八泉村蚕桑文化资源档案，其中包括近 5 万字的文字材料和 200 张图片，并据此起草全球重要农业文化遗产申报方案。

经过半年多的调研和摸索，顾兴国发现，要挖掘、做强蚕桑文化，单靠他自己是不够的。作为浙江省农业文化遗产（农耕文化）专家组的成员，他积极对接智库资源，多次与专家组组长及上级部门沟通，最终促成了"浙江省乡村振兴咨询委员会农业文化遗产（农耕文化）专家组桐乡工作室"的成立。今后，这些农耕文化专家将把目光聚焦八泉村的蚕桑文化，对这一珍贵的农业文化遗产加以保护、传承与利用。

既要因地制宜深挖文化资源、保护文化遗产，也要助力村民实现共同富裕，这是文化特派员的责任。以"蚕花探源、桑野耕读"为主题，顾兴国开发了"桑基鱼塘探源""蚕丝织技艺体验""游蚕龙篝火晚会"等研学课程，并与湖州市的两名文化特派员跨区域联动，促成八泉村与湖州市杨溇村、荻港村的农文旅融合发展结对。

研学旅游的第一单，承接的就是海南一所国际学校的学生。夏日里，文化特派员变身讲解员，陪着他们参观八泉村的中国蚕乡风俗体验馆，从

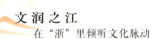

专业知识到实际操作，再到乡村故事，带领他们沉浸式体验蚕桑文化。大家纷纷表示，原来蚕桑文化这么有意思，文化遗产故事还可以这样讲，下次还要来。

文化特派员要驻村，更要驻心。来到八泉村后，顾兴国爱上了这片土地，成为地道的"村里人"。2024年国庆节前，顾兴国与桐乡市民间文艺家协会一起策划并全程参与了"轧蚕花 游蚕龙"的节庆活动。活动当天，全村200多位村民自发组成长队，舞着300多米的长龙，以"游蚕龙"的方式为祖国庆生。村民制作蚕龙和参与活动时的热情与专注打动了顾兴国，

浙江省文化特派员叶海为100多名海岛孩子点亮微心愿（图源：叶海）

让他深深感受到了大家对文化特派员工作的支持，感受到了大家对文化的热爱与认同。

像顾兴国一样，大批特派员带着文化使命而来，深深扎根乡村、融入村民，发挥专业优势，激发村民的文化自觉和文化自信，助力优秀传统文化保护与传承，让各地文化金名片越擦越亮。

"文章合为时而著，歌诗合为事而作。"衡量一个时代的文艺成就最终要看作品。推动文艺繁荣发展，最根本的是要创作生产出无愧于我们这个伟大民族、伟大时代的优秀作品。没有优秀作品，其他事情搞得再热闹、再花哨，那也只是表面文章，是不能真正深入人民精神世界的，是不能触及人的灵魂、引起人民思想共鸣的。文艺工作者应该牢记，创作是自己的中心任务，作品是自己的立身之本，要静下心来、精益求精搞创作，把最好的精神食粮奉献给人民。①

习近平

（2014 年 10 月）

---

① 《在文艺工作座谈会上的讲话》，载《求是》2024 年第 20 期。

第六章

时代光影

SHIDAI
GUANGYING

绘画大系，数藏古今

2024 年 11 月 25 日，随着第二届"良渚论坛"在杭州开幕，位于杭州余杭良渚文化核心区的"中国历代绘画大系"典藏馆也正式开放，并举办"盛世修典——'中国历代绘画大系'宋画大展"。

"中国历代绘画大系"工程以一次文化长跑，成就一部赓续先贤、泽被后世的中国绘画集大成之作。

近些年，"中国历代绘画大系"的成果展在全国多地掀起观展热潮。它让人们在历史长河与时代律动中，领略中国古代绘画的宏富成就，感受生生不息的中华文脉。

文化使命

什么是"中国历代绘画大系"？

"中国历代绘画大系"（以下简称"大系"），是习近平总书记亲自批准、高度重视、持续关注，并多次作出重要批示的一项规模浩大、纵贯历史、横跨中外的国家级重大文化工程。十多年来，"大系"持续推进、成果丰硕，充分体现了习近平总书记对大规模系统整理、出版中华优秀传统文化工作的高度重视，充分体现了总书记对中华文化的理解、热爱和珍惜，彰显了当代共产党人深厚的文化情怀。[①]

这部穿越千年的皇皇巨著，堪称海纳百川，容纳了先秦古意、大汉雄风、盛唐气象、宋韵清辉和元明清风采，重现了千古笔墨神韵。

从体量上看，"大系"包括《先秦汉唐画全集》《宋画全集》《元画全集》《明画全集》《清画全集》，共计 60 卷 226 册。这是迄今为止同类出版物中精品佳作收录最全、图像记录最真、印刷质量最精、出版规模最大的中国绘画图像文献。

为何在浙江实施这项浩大的文化工程？

浙江有相应的基础，有责无旁贷的使命。尤其杭州作为南宋都城，在中国绘画史上留下浓重笔墨。宋代画家技艺精湛，注重写实的宋画，是领略宋人风雅的绝佳窗口，其创新、多元的艺术风范深刻影响了后世。可以说，南宋时期是中国绘画艺术的新高峰。当时的代表画家李唐、刘松年、马远、夏圭，被后世誉为"南宋四家"。他们的作品不仅展现了南宋时期画坛的繁荣景象，也为中国绘画的表现手法和艺术风格带来了创见。

2005 年，浙江省委提出实施"浙江文化研究工程"。作为全国人文社科领域启动的首个省级大型学术研究工程，该工程此后一直扎实推进，给浙江留下了一大笔珍贵的文化财富。

在文化史领域，以《宋画全集》为始，一场厚重而漫长的文化建设工

① 新华社北京 2022 年 12 月 12 日电《盛世修典 赓续文脉 再铸辉煌——习近平总书记关心国家重大文化工程"中国历代绘画大系"编纂出版工作纪实》。

程，就此拉开序幕。

浙江大学原党委书记张曦担任项目负责人，浙江大学和浙江省文物局组建团队。团队从零开始，走遍国内外 200 多家文博机构，梳理采集海内外中国绘画藏品的高精度图像，并编纂整理、结集成册，将散落在世界各地的中国历代名画汇于一系。

2010 年 9 月，《宋画全集》将告完成之时，更为恢宏的"大系"项目正式启动，项目旨在弘扬中华优秀传统文化，为浙江文化大省建设作出新的更大贡献，《先秦汉唐画全集》《元画全集》《明画全集》《清画全集》等的编纂旋即开始。

抢救保护

千百年来沧桑迭变、兴废交替，中国历代绘画作品历经浩劫，不仅存世数量有限，而且流散于世界各地，深藏罕现，有的已湮没于历史烟尘中。

许多国宝级名画聚非一日之功，毁却仅一瞬之间。"大系"团队重点研究的宋画，距今已有 1000 年左右的历史，站在保护的角度，相当多的作品已不适宜打开。

"大系"团队坚定地认为，"大系"的使命，是站在赓续中华民族历史文脉的高度，创造性转化和创新性发展中国绘画艺术。在"大系"之前，海内外出版的宋画籍册虽然不少，但存在收集数量有限、图像不清、印刷质量不高的问题。唯有先解决"藏用两难"的问题，中国古代绘画之美才能既走近专业学者，又走近普通观众。

和其他一些深藏在博物馆的古画一样，北京故宫博物院珍藏的赫赫名

迹《千里江山图》已经多年没有打开过，为防开卷后青绿颜色剥落，它已整整封存了 17 年。在"大系"拍摄前，故宫专门召开院长会议反复商议保护问题，拍摄前筹备忙碌了一个多星期。

因此，依靠各方面力量，充分利用最新的摄影、印刷技术，系统、全面地搜集、整理、研究、出版中国历代绘画精品，是抢救性保护和普及性传播中国历代绘画艺术的当务之急，是弘扬中华传统文化，建设优秀文化传承体系，推动社会主义文化大发展、大繁荣，促进世界各国文化交流与合作的一项紧迫而有意义的工作。

上溯公元前 3 世纪，下迄公元 1911 年，"大系"规模初定 100 册左右，为《宋画全集》的 4—5 倍。为此，项目组第二次在全世界范围内搜集相关图像资源。

一些名画由于时间悠远，很多细节难以看清，但"大系"团队通过数字化手段将其放大，完全可以满足苛刻的研究需求。

"大系"团队创新制定了图像出版物的理想技术标准，大部分作品使用了全球最大幅面的反转片进行拍摄，对图像品质精益求精，力求达到原真效果。这一标准对作品收集范围、拍摄精度、印刷装帧质量和出版规模的要求之高，至今仍居于业界一流水平。

世界回响

盛世修典、盛世修志，"大系"的编纂出版，彰显了中国人的文化自信与守正创新。

"大系"收录藏品中，广博精微的题材、朴素直观的细节、淡妆浓抹

"'中国历代绘画大系'之宋画欧盟特展"在比利时首都布鲁塞尔开幕（潘革平 摄）

的色彩、观照历史的写实、绵长曲折的递藏，集中体现着中华文明的突出特性。

比如，许多名家圣手倾心于用绘画表达对屈原的敬仰，宋人李公麟，元人赵孟頫、钱选、张渥，明人文徵明、陈洪绶，清人罗聘、周玙，等等，都流传有以《九歌》为题材的名画，贯穿的是爱国、民本、天人合一等思想主题，显示了中华文明突出的连续性。

在没有照片、视频的年代，绘画起着记录当下的重要作用，丰富多彩的叙事画，见证了中华文明突出的统一性。

比如初唐杰出画家阎立本所作《步辇图》，细绘唐太宗李世民坐于步辇之上会见吐蕃求亲使臣禄东赞的情景，周围有典礼官、翻译官及宫女等陪同，用幕后场景讲述了文成公主入藏与松赞干布通婚联姻的佳话，歌颂了汉、藏民族友好交往交融的情谊。

又如，"明四家"之一的仇英所绘的《职贡图》，描画了边疆少数民族进京朝贡的情形，共有九溪十八洞主、渤海、契丹、吐蕃、西夏等 11 支队伍，彰显了中华民族自秦汉以来的"大一统"理念。

除了中国，全世界还没有哪一个国家能够把自己国家的绘画体系从古至今完整梳理。这项宏伟的文化工程，与全球 260 多家文博机构达成了友好合作，并取得广大专家学者的鼎力支持。

"大系"如同一座文化宝库，展现了东亚文化环流和中西文化会通的真实历史情景。作为中国的文化使者，"大系"将中国传统绘画的多彩与绚丽清晰地呈现于世界，也为新时代文明交流互鉴搭建起新的平台。

浙产好剧，守正创新

2025 年 2 月 6 日，动画电影《哪吒之魔童闹海》上映的第 9 天，登顶中国影史票房榜冠军。2 月 13 日，票房（含预售）突破百亿元。3 月 1 日，更是突破 141.60 亿元，排名全球票房榜第 7 位，也是全球票房 TOP30 影片中唯一的非好莱坞影片。这部影片的角色数量超过 300 个，有 2400 多个镜头，其中特效镜头超过 1900 个，138 家中国动画公司参与制作，其中包括浙江花果山文化传媒旗下的杭州露米埃动画，以及杭州迷雾影视传媒、杭州浩扑网络科技、咕咚动漫等多家浙江企业。

在这部"国漫之光"的背后，位于杭州市西湖区的两家企业——

《哪吒之魔童闹海》海报（图源：制作方）

浙江花果山文化传媒有限公司和咕咚动漫，作为幕后团队受到关注。而两家文化企业发展，离不开西湖区这片文化创意产业的沃土。在西湖区艺创小镇，自诞生到出彩，它们不断得到小镇文创产业及人才的相关政策扶持。良好的创业环境，让企业发展有了充沛动力。

不少观众清晰记得，2023年开年，反黑题材电视剧《狂飙》冲上大部分传播平台话题榜和流量榜的前列，其收视、热度、口碑都达到了"爆剧"水准：央视八套播出收视率最高突破3%，爱奇艺热度突破11000，豆瓣评分最高达到9.1（10分制）。

浙江立项、浙江文化艺术发展基金资助、浙江企业联合出品的《狂飙》

《狂飙》海报（图源：制作方）

是又一部典型的"出圈"的浙产好剧。

不只剧情紧张的反黑题材，在现代都市生活剧方面，浙产影视同样嗅觉敏锐。

2024年6月，电视剧《时光正好》播出后，在观众中引发热烈讨论。该剧以30岁至40岁女性的视角感知大众情绪，将3名女性的日常作为剖面，折射了现代女性在职场与家庭的双重压力下，因为朋友和家人的支持坚定向前，迎来人生的第二次蜕变成长的故事。

这部剧围绕现代女性在职场、爱情、家庭中遭遇的酸甜苦辣，但并没有刻意放大矛盾、制造冲突，而是试图通过对不同相处方式的呈现，甚至以轻喜剧风格还原日常，带着观众感受良性沟通下的家庭关系，找寻到生活的最优解。

近些年，"（浙）剧审字"成为荧屏上的常见标签，许多浙产剧以优质内容叫座又叫好，甚至屡屡"破圈"。

常看电视剧的观众，大多听说过这样一句话——"华策出品，必属精品"：《外交风云》《绝密使命》《我们这十年》等叫座又叫好的电视剧，都是由华策影视打造的。

凭借参与投资、策划、宣发的爆款好剧不断，华策影视长期占据国内影视行业龙头地位，受到业内的广泛关注。这家集电影、电视剧、动漫等的策划制作发行、影视技术与后期制作、华流出海、娱乐营销于一体的民营文化企业，是浙江大力推动文化产业繁荣、不断推出"浙产好剧"的一个缩影。

市面上那么多影视公司，为什么华策影视、正午阳光、新丽传媒等浙江影视企业能成为行业标杆和业界良心？除了技术和资金层面的实力，更深层次的答案是：与时代同行，守正创新。

这些影视企业的多数剧作能够契合群众需求、得到老百姓喜爱，一个重要原因是：让观众有共鸣。透过这些作品，观众看到了自己，看到了真实鲜活的身边事，也看到了角色身上美好的品质及其对生活的希望，从而受启发、有力量。

比如，由正午阳光出品的主旋律电视剧《县委大院》，坚持以小切口反

映大主题、小人物折射大时代的创作路径，主创团队深入一线调研，连续9个月扎根基层体验，将叙事镜头对准发展中的光明县，以生动、平视的视角展现了基层县治中的鲜活故事，以生活味、真实感打动了广大观众。

立足现实题材，坚持守正创新，浙产电影同样取得重要突破，出现现象级繁荣。

2024年春节档上映的《热辣滚烫》，以34.6亿元拿下该年度票房冠军，揽下2024国产片、喜剧片、剧情片票房冠军头衔，并作为唯一的华语电影跻身2024全球电影票房榜前十位。

2024年11月16日，第37届中国电影金鸡奖颁奖典礼上，浙江出品电影获三项大奖：《里斯本丸沉没》获最佳纪录/科教片奖，《热烈》获最佳摄影奖，《乘船而去》演员刘丹获得最佳女配角。浙江出品电影获奖影片数在全国各省（自治区、直辖市）中排名第一。

《里斯本丸沉没》以真实的历史故事和深刻的情感共鸣赢得观众认可，不仅打捞了一段尘封82年的历史，更深刻展现了中国人民的大爱与人性的光辉。该片以4736.8万元的票房成为2024年度国产纪录片票房冠军。

2024年12月3日，第十七届

《里斯本丸沉没》海报（图源：制作方）

精神文明建设"五个一工程"优秀作品奖获奖名单揭晓，12 部浙产作品获"五个一工程"奖，覆盖所有 8 个门类，实现大满贯，获奖数居全国第二，创历史最佳。在电影类中，浙江申报的《热烈》《万里归途》《人生大事》3 部电影全部上榜，得奖数量位居全国第一。

从早先的《中国神火》《温州一家人》《鸡毛飞上天》，到《狂飙》《县委大院》《时光正好》《欢乐颂》，浙产好剧总能把握时代脉搏、引领风气之先。

10 年来，浙江共有 16 部电视剧获全国精神文明建设"五个一工程"奖、飞天奖、金鹰奖，其中《外交风云》《鸡毛飞上天》均囊括 3 项大奖。浙江出版联合集团有限公司、浙报传媒控股集团有限公司、华数数字电视传媒集团有限公司、浙江华策影视股份有限公司等 4 家企业均入选第十四、第十五届"全国文化企业 30 强"，宋城演艺发展股份有限公司、浙江大丰实业股份有限公司等一批浙江民营文化企业获得"全国文化企业 30 强"提名。

浙产好剧走在前列，得益于浙江丰厚的文化基因、省域文化产业发展的长足优势，背后更有当地对文化工作的长期重视。

2019 年，浙江省委宣传部、省财政厅联合发起设立浙江文化艺术发展基金。此后，以每年至少 1 亿元的资金对浙产文艺精品进行扶持和奖励。5 年来，共有 220 个优质影视项目获得资助。接下来，还将推出"之江潮"文化奖，对为浙江文化建设作出重大贡献的单位予以重奖。

2023 年起，浙江制定实施新时代文艺精品攀峰行动，推进优化文艺精品创作生产生态链改革，推进实施浙产好剧"四个一百"工程，持续加强

题材规划引领，构建省、市、区三级联动打造重大文艺精品的合作机制，建设运营之江编剧村、之江影视拍摄服务中心等文艺创新平台，聚力打造全周期服务保障闭环，持续打响"浙江好剧"品牌。

2025年，浙江省政府工作报告提出"繁荣发展文化体育事业"，并对深化新时代文艺精品攀峰行动，推动国潮精品、影视出版、文创动漫等优质产品出海，提升之江文化产业带、横店影视文化产业集聚区等平台能级等作出具体部署。随着政策红利的叠加，电视剧《太平年》《长安的荔枝》《我站的地方是中国》《快递小哥》《造城者》《宋纸迷踪》《藏海传》，以及电影《东极岛》《三国的星空》《星河入梦》等一批题材多样的优质项目加速创作推进，值得各方期待。

文化新篇，数字驱动

云雾缭绕的花果山、庄严肃穆的雷音寺、险峻的火焰山、神秘的海底龙宫，山西高平铁佛寺造像和大同云冈石窟造像，浙江杭州灵隐寺飞来峰造像和丽水景宁时思寺古建筑……

2024 年 8 月 20 日，融合中国传统神话与现代游戏技术的第一款国产 3A 游戏《黑神话：悟空》横空出世，发售 3 天销量破千万套，令用户和网友大呼惊艳。

3A 游戏需要耗费大量金钱（A lot of money）、大量资源（A lot of resources）、大量时间（A lot of time），它是科技、艺术和商业的完美结合，代表着顶级的制作质量、技术积淀与市场影响力。长期以来，3A 游戏市场主要被日本、美国、法国等国的游戏公司占据。

第一次，中国制作的游戏不仅在国内引发强烈关注，而且在美国、新加坡、泰国、加拿大、巴西、意大利等十多个国家的游戏平台霸榜。

这款全球"现象级"的游戏产品，出自中国（之江）视听创新创业基地。其在线下激起的波澜同样出乎意料，大量游客跟着"悟空"游古建，

浙江乃至全国多地古建筑成为"打卡"点。

这部由杭州游科互动科技有限公司开发、浙江出版集团数字传媒有限公司出版的网络游戏，以《西游记》和中国神话为脉络，取景于国内多个历史文化遗存，主角"天命人"悟空不仅受中国人喜欢，还引发外国人痴迷。

《黑神话：悟空》的出现，被誉为是"科技创新和文化自信的完美结合"。它是名副其实的"国产之光"，展现了中国文化的独特吸引力，以及更多中国文化、中国 IP 通过科技赋能与创新表达焕发新生的巨大潜力。

这款游戏迅速"破圈"，离不开数字孪生技术的支持。这种基于云的虚拟呈现技术，被广泛应用于场景构建、角色造型、服饰设计等方面。

场景构建方面，游戏借助数字孪生技术对中国古代建筑进行了全数字扫描，高精度还原了古代山林佛寺等场景，具有极高的真实感和细腻感，

《黑神话：悟空》游戏画面（图源：制作方）

让玩家仿佛置身于真正的古代世界之中。

角色造型方面，也是数字孪生技术让孙悟空等角色在视觉上完美还原经典形象，并且在技能、动作方面等都做到原汁原味。

从《黑神话：悟空》看，正是先进的科技手段让传统文化焕发新的生命力，通过沉浸式的互动体验，让玩家更深入地理解和感受中国文化。

事实上，无论是国风国潮的火爆"出圈"，还是各种数字文化产品引领市场，一个共性原因在于传统文化的革故鼎"新"。这其中，数字科技是重要的催化剂。

近年来，浙江充分发挥文化大省、数字经济大省优势，不断深化文化数字化战略，提升文化和科技融合发展水平，先后出台多项政策，推动以文化和科技融合打造新时代文化高地。

在浙江，已有浙报传媒、咪咕数媒、大丰实业、宋城演艺、网易云音乐、音王电声、万事利丝绸等获批国家级文化和科技融合示范基地，总量位居全国第二。

基于互联网的数字出版、数字阅读、动漫游戏、短视频、电子竞技等新型文化业态实力强劲，涌现出一批具有全国影响力的领军企业，全省规上数字文化企业的营收在全部规上文化企业营收中占比达59.6%。

2024年5月29日至6月2日，第20届中国国际动漫节在杭州白马湖国际会展中心举行，吸引来自全球数十个国家和地区的企业、机构参加。这届展会上，AI赋能动漫的新气象扑面而来。

立足"数字之城""电竞名城""国际动漫之城"，杭州深入实施文化数字化战略，发力"人工智能＋动漫文化"新赛道，积极推进科技赋能动漫

产业发展。

在杭州白马湖生态创意城，文化与科技相互交融，形成了一片新兴产业高地，这里集聚了华数集团、网易三期、大丰科创等行业龙头企业和白马湖实验室、北京航空航天大学杭州创新研究院、北航量子实验室等高能级创新平台，以及国家级工业设计中心——瑞德工业设计产业基地、国家广电总局数字电视开放实验室、中国下一代广播电视网（NGB）等国家级创新平台。

网易设立伏羲、互娱 AI Lab 两大人工智能实验室，携手 Speech Graphics 发布语音驱动面部和角色动画生成技术；中南卡通依托人工智能大模型开发"METai 视听译制平台"，以人工智能大模型支撑影视、动画等数字内容的多语种专业翻译、国际配音"一站式"公共服务；电魂网络探索传统文化与数字技术相融合的发展新路径……

在杭州，大批企业积极尝试虚拟拍摄、虚拟主播、数字藏品、AIGC 制作等数字动漫新领域，加快探索推进动漫游戏创作生产向数字化、智能化方向转型。

通过数字技术赋能，将游戏、动漫、文创等文艺形式与中国传统戏曲、绘画、雕塑、武术等充分融合，在数字时代传播中强势"出圈"。

2025 年 1 月 20 日，杭州深度求索人工智能基础技术研究有限公司的最新开源模型 DeepSeek-R1 发布后，因其低成本、高性能、开源而受到全球科技圈的广泛关注，引起了海内外强烈反响。

DeepSeek 应用不仅推动 AI 应用广泛落地，更将助力杭州形成"AI 产业集群效应"，为浙江文化产业注入新的活力，进一步推动文化与科技的深度融合。

营造文化建设与数字科技互促共进的良好生态，浙江早在 20 多年前就已经埋下伏笔。

浙江省委 2003 年实施的"八八战略"总体框架，系统谋划和部署建设"数字浙江"，引领浙江率先抓住了数字时代打造发展优势的战略机遇。与此同时，浙江还推动"加快建设文化大省"。

数字与文化两条主线持续成长，最终形成交叉，产生化学反应，不断衍生文化新形态、新产业。

党的二十届三中全会审议通过的《中共中央关于进一步全面深化改革、推进中国式现代化的决定》提出："探索文化和科技融合的有效机制，加快发展新型文化业态。"

浙江省加快建设高水平文化强省，着力适应数字时代文化传播态势，推动传统文化符号的现代化表达和国际化传播，更好肩负起新的文化使命。

2025 年 1 月 18 日，浙江省文化数字化协同实验室共创机制发布。该机制由浙江省委宣传部联合浙江大学、浙大宁波理工学院、之江实验室、阿里巴巴集团、腾讯集团、华为技术有限公司、传播大脑科技（浙江）股份有限公司等 12 家单位协同共建，其囊括浙江全省优质科研力量，立足进一步汇集政务资源、学术资源、企业资源，推动文化产业新技术研究、新成果应用、新场景打造。

阅读城市，建筑风雅

浙水敷文，文润之江。2023 年 8 月 29 日，浙江文化"航母"——之江文化中心在钱塘江畔正式扬帆起航，以韵味独特的建筑风格、合院式的开放布局，展现"诗画江南、活力浙江"的魅力。

这样的文化精品工程，是浙江人民共同的精神家园、八方宾朋的文化旅游目的地。

匠心闪耀，之江地标

"江南忆，最忆是杭州！"

2023 年 8 月，经过近 4 年的栉风沐雨、不懈奋战，之江文化中心在钱塘江畔拔地而起，终于向市民敞开怀抱。独具江南韵味的建筑外形、现代感十足的外立面，绘就最美江南的"诗和远

方"，让世界看见"文化浙江"，为杭州亚运会增色添彩。

之江文化中心位于杭州市西湖区之江板块，占地面积 258 亩，总建筑面积 32 万平方米，是浙江省践行"八八战略"、打造高水平文化强省的标志性建筑，是目前全国体量最大的省级公共文化设施集聚群、现代复合型文化综合体。

作为浙江文化"航母"、之江文化轴上最璀璨的明珠，之江文化中心集结了浙江省级"四大馆"——浙江省博物馆之江馆区、浙江图书馆之江馆、

之江文化中心（图源：浙江省建筑设计研究院）

浙江省非物质文化遗产馆、浙江文学馆，并配置了地面景观公园和地下公共服务中心。

漫步其中，处处如画、步步见景，可以感受人文的华章璀璨，也能领略自然的山水形胜；可以欣赏现代的时尚活力，也能品味仿古建筑的诗情画意。

熠熠生辉的大块玻璃幕墙与青灰色系干挂石材幕墙，如群山起伏且坡度各异、与之江山水和谐相融的深灰色金属屋面——看之江文化中心，第一眼就让人惊艳的是"四大馆"的外立面。17万余块青灰色开放式干挂石材幕墙、1.2万余块玻璃幕墙通过拼接安装、错落布置、有机融合，加上点

浙江省博物馆之江馆区（图源：浙江省博物馆）

缀其间的仿木纹铝板和木色窗框，简洁而不失雅致，沉稳又兼蕴灵动，以水墨淡彩的建筑风格，呈现出之江文化中心的浪漫诗意气质。

最值得一提的是"非遗之眼"——浙江省非物质文化遗产馆内由约 23 米宽、12 米高、7 厘米厚的大型"无形墙体"构成的"空中楼阁"。通透的玻璃墙体向市民展示非遗的"无限天地"，让市民站在路口也能清晰地欣赏馆内古戏台的韵味和戏剧表演的精彩，体验非遗文化的魅力。

除了外立面，"四大馆"的内里同样令人惊艳。

浙江图书馆的"知识之殿"，在近 500 平方米的全息投影穹顶的映衬下，呈现出阅读的无限可能。"知识之殿"有五层挑空大厅，高达 21.6 米，单层

面积 1 万余平方米。

"四大馆"的目标，是打造成为之江艺术长廊上重要的知识信息枢纽和区域图书馆网络中心、浙江历史文化的展示窗、浙江非遗记忆的活态展示体验中心、省级文学创研基地与资料中心。

文润江南，建筑风雅

2022 年 7 月 23 日，中国国家版本馆举行落成典礼，北京、广州、杭州、西安 4 地，4 座版本馆同时揭牌。作为"一总三分"之一的杭州国家版本馆（中国国家版本馆杭州分馆），以美轮美奂、令人惊艳的样貌展现在世人面前。

杭州国家版本馆选址良渚，项目总建筑面积 10.31 万平方米。工程以宋韵江南园林为建筑风格，是集图书馆、博物馆、美术馆、档案馆、展览馆等多种场馆功能于一体的综合性场馆，同时也是北京总馆异地灾备库、江南特色版本库及华东地区版本资源集聚中心，对于提升浙江公共文化服务水平、更好弘扬浙江传统文化、推进文化浙江建设等方面都具有重大战略意义。

初见版本馆，最引人注目的是其独特的设计语言。然而，不少熟悉浙江建筑的人却能一口猜中：是王澍的作品吧！

没错，杭州国家版本馆的设计方案由王澍教授主创设计。同时，由浙江省建工集团有限责任公司牵头，与浙江省建筑设计研究院有限公司共同建设落地。

作为百年传世文化工程，杭州国家版本馆建设总工期仅 566 天，时间紧、任务重、要求高，与总馆和其他分馆相比，应用的新材料、新工艺、新技术众多，如艺术肌理清水混凝土、青瓷屏扇、夯土墙、青铜屋面等，大多数在全省乃至全国无参考先例。

2020年7月10日，杭州正值盛夏，酷暑难耐。良渚文化遗址保护区东侧荀庄附近的一处废弃矿山旁，建设者云集。

针对杭州国家版本馆项目"民族文化＋宋韵＋浙江特色＋现代元素"的战略定位，建设者创新应用七大特殊工艺，完美呈现既有现代建筑常用的混凝土和钢结构，又有传统建筑的木结构和夯土墙；既有青铜覆面的双曲面屋顶，又有混凝土预制屋面板；既有东方韵味的竹纹清水混凝土，又有西方建构传统的木纹清水混凝土的新时代宋韵建筑。

项目采用的一次浇筑成型清水混凝土，其总量远超目前全亚洲最大的高铁站之一——雄安站的浇筑量。整个建筑完成之后，不再做二次处理和修饰，所有颜色均为建筑材料原本的色彩，既环保又节能。

夺人眼球的还有馆内的艺术青瓷屏扇门，其单樘规格为2.68米×10.34米，屏扇厚度仅为22厘米。使用的纯手工烧制青瓷片，都来自专门改良的龙泉窑。它们可转动方向，可合并成整体。

更为令人惊艳的，是首创的超20米大跨度钢木结构、总量超过2900立方米的夯土墙，以及单面墙体长达67米的、超大体态青石花格砌的青色石料细花石墙。

就体量而言，这个项目显然不算特别大，但其工艺特殊，很多工艺连设计团队也从未实施过。匠心独运、日夜兼程，成百上千名能工巧匠坚守一线，用双手创造奇迹。他们承续传统却又超越传统，将木与钢结合，让竹与砼对话，使云浪纹理游走于超高夯土墙体之上……他们见证了中华民族传统文化与现代西方工业文明的意外碰撞。

一片片龙泉青瓷、一块块青石花格的排列组合，使建筑在与光影的交互中和自然融为一体，彰显宋代艺术韵味。

艰难困苦，玉汝于成。

杭州国家版本馆这项精品传世工程、全国样板工程，向公众开放试运行后迅速火热"出圈"，成为浙江文化新地标、"网红打卡点"。

凝固音符，华美乐章

乙未金秋，是硕果累累的丰收季节。

坐落于之江畔、象山旁的浙江音乐学院，在 2015 年，橙黄橘绿的金秋时节顺利落成。

徜徉在学院顺着地形蜿蜒起伏的林间小道上，看着两侧错落有致、造型各异、充满艺术气息的场馆建筑，仿佛见曲水流觞，闻琴声悠扬……

都说"建筑是凝固的音乐"，这句话用来形容浙江音乐学院真是再贴切不过了。穿行于校园中，错落有致的特色建筑，更似一曲荡气回肠的交响乐。

这是浙江文化强省建设的标志性项目，坐落于杭州市西湖区象山区块，规划占地 602 亩，总建筑面积 36 万平方米，包括音乐、舞蹈、戏剧、艺术、文化、人文 6 个二级学院的教学楼、实训排练楼及图书馆、大剧场、音乐厅和电影院等 20 个单体工程。项目按照"设施一流、功能齐备、布局合理、环境优美、服务便捷、大气开放、山水音院、艺术殿堂"的定位建设，是一座现代化的园林式生态校园和崭新的文化艺术教育殿堂。

建设一座国内一流的现代化音乐殿堂，是浙江人民期盼已久的心愿。当初，项目的立项、选址、设计时间都很紧迫。

正是有了一位位甘于奉献、勇于担当、苦干实干、把压力转化为动力的建设者，浙江人民才能拥有美轮美奂的音乐学院，浙江这个文化大省才有了一座值得自豪、与之匹配的音乐殿堂。

中国式现代化是物质文明和精神文明相协调的现代化。物质富足、精神富有是社会主义现代化的根本要求。物质贫困不是社会主义，精神贫乏也不是社会主义。我们不断厚植现代化的物质基础，不断夯实人民幸福生活的物质条件，同时大力发展社会主义先进文化，加强理想信念教育，传承中华文明，促进物的全面丰富和人的全面发展。①

习近平

（2022 年 10 月）

---

① 习近平：《高举中国特色社会主义伟大旗帜 为全面建设社会主义现代化国家而团结奋斗——在中国共产党第二十次全国代表大会上的报告》，人民出版社 2022 年版，第 22—23 页。

成风化人

第七章

CHENGFENG
HUAREN

中国乡村美术馆（图源：衢州市柯城区委宣传部）

浙江有礼，蔚然成风

司机在斑马线前停车让行，挥手示意行人先过；行人则在通过斑马线时，向司机点头致谢或报以微笑，一路小跑快速通过斑马线。

在浙江，"车让人"早已深入人心，斑马线成为一道亮丽的城市风景线。尤以杭州为最，"礼让斑马线"经过多年培育，已成为司机的共识行动。在杭州市区主要道路上斑马线前，礼让率超过90%，公交车礼让率则达到99%。

"礼让斑马线"是精神文明建设的窗口，司机的礼让成就了一座城市的温暖日常。

2024年以来，针对一些行人在过斑马线时低头玩手机，或是三三两两散步式过马路的"痛点"，杭州市文明办又发出呼吁，将"车让人、人快走"内化于心、外化于行，让斑马线前的相遇成为"双向奔赴"的温暖。

在浙江，文明有礼蔚然成风。

衢州地处浙江西部山区浙闽赣皖交界处，这里素有"东南阙里、南孔圣地"美誉，是孔氏南宗文化的重要发源地。2018年，衢州全力打造"南孔圣地、衢州有礼"城市品牌，从车让人、自觉排队、使用公筷、没有"牛

皮癣"、垃圾不落地等小事小节入手，打造"一座最有礼的城市"。

立足于"有礼"，让南孔文化在创造性转化、创新性发展中重重落地。南孔文化是最能代表衢州的文化符号，"衢州有礼"4个字根植地域文化、刻画民风性格，朗朗上口而又深入人心，显著提升了当地人的荣誉感。

儒风浩荡，成风化俗。"衢州有礼"不断形成系列，"锦绣江山""天下龙游"等区县子品牌也各美其美，大量村庄因礼而治、因礼而兴。当地1500多个乡村、社区全部将使用公筷纳入村规民约，行作揖礼、不随地吐痰等文明行为成为共同行动。

中国式现代化是物质文明和精神文明相协调的现代化。在推动高质量发展建设共同富裕示范区进程中，浙江发起一场以人的现代化为核心的省域文明实践——"浙江有礼"，着力以"礼"展开新时代文明实践。

"衢州有礼号"游轮（图源：衢州市委宣传部）

2022年，浙江省委提出打造"浙江有礼"省域文明品牌，大力倡导"爱国爱乡、科学理性、书香礼仪、唯实惟先、开放大气、重诺守信"6种时代新风，崇尚践行"敬有礼、学有礼、信有礼、亲有礼、行有礼、帮有礼、仪有礼、网有礼、餐有礼、乐有礼"10种礼节礼行的"浙风十礼"，务求让"务实、守信、崇学、向善"成为浙江人的共同价值追求。

"浙江有礼"，蔚然成风。顶层设计与基层探索结合，广泛开展的有礼实践，让人们"在浙江看见文明中国"。

2022年9月，新学期开学之际，诸暨市陶朱街道联合村的关爱基金有了一笔开支：给考上大学的孩子们发奖学金。这个村的关爱基金，是近些年由党员干部、村民、企业、乡贤等自愿筹集的，总额超过25万元。

大一新生俞易利拿到了2000元奖学金，但又把这笔钱返捐给了村关爱基金。他说，奖励是全村人给予后生的鼓励，而返捐则出自他对村里同样的善意，要将爱心传递给那些更需要的人。事实上，他家里人平时也常常参加村关爱基金的捐献活动。

浙江诸暨是"枫桥经验"发源地，这里"小事不出村，大事不出镇，矛盾不上交"。2018年被列入全国首批新时代文明实践中心建设试点县（市、区）后，诸暨探索在下辖各村里建设关爱基金，目的是在各村激发爱心、传递爱心。

村民心中的善意与爱心超出了预期。目前在诸暨，每个村都有一笔"村村有、人人用"的关爱基金，积累越来越丰厚。在此实践基础上，诸暨进一步凝聚多方力量，不断展开有礼、守礼、践礼的新时代文明实践。

对于出门在外的子女来说，最牵挂的是家里老年人的日常生活。诸暨

从 2021 年开始全面推广爱心食堂，4 年间建成约 300 家爱心食堂，让 1.5 万余名老人吃上了热乎饭、放心饭。

不仅解决老年人日常吃饭问题，像诸暨市东白湖镇娄东村爱心食堂，还会安排同月过生日的老人在当月一起过生日，大家享佳肴、看节目、做游戏……玩得不亦乐乎。老年人开心，子女才放心。

为避免爱心食堂"办而不久""办而不热"等问题，诸暨市委宣传部、市民政局从顶层设计出发，出台了爱心食堂建设实施意见、鼓励扶持办法、运营管理细则等一系列政策，全面搭建爱心食堂改革"四梁八柱"。通过统筹政府财力、集聚社会资源、动员公益力量，探索"叫好又叫座"、稳定可持续的长效运营模式，让老年人"吃饭有着落、养老不出村"。

中国是礼仪之邦，"礼"字深藏于国民之心。激发这份善意并外化于行，抓手常在"关键小节"。

礼让斑马线，聚餐用公筷，随手做志愿，垃圾要分类，办酒不铺张，带走半瓶水……浙江持续深化十大文明行动，重点开展"百行行百礼、百县金名片"培育展示活动，所有市县提炼优秀地域基因、叫响区域文明品牌。

这几年，"南丁格尔奖章"获得者潘美儿感到了身边日益集聚的爱心暖流。在她工作的浙江省皮肤病防治研究所上柏住院部，志愿者们会定期来给麻风病人理发，学生们会抽空来陪他们聊天，爱心人士逢年过节会送来大批慰问品……

皤滩乡推出造型别致、制作精美的"有礼花灯"；淡竹乡推出文创IP"竹宝"，形成"民宿六礼""竹宝出游"等表情包、海报集群；下各镇打造"好人好样·怀仁下各"品牌 IP……仙居县各乡镇开展形式多样的"有礼文创"活动，让"礼"渗入社会发展的各个细胞。

为推动在全社会形成"人人学礼践礼、处处见礼展礼"风尚，浙江开展机关先行、行业示范、区域展示、基层落地、人人代言等实践活动，把礼仪教化融入国民教育、政务服务等各方面，因地制宜设置"有礼讲堂"，开展万名志愿者有礼宣讲，形成人人学礼知礼的浓厚氛围。

根植于礼，浙江社会近年来不断生发出"最美现象"，激起新时代文明的层层涟漪，氤氲在日常、在街角。

彼时，用来形容2011年"最美妈妈"吴菊萍的"最美"二字还只是一个反映人们价值判断和内心赞许的修饰词，逐渐地，这两个字已演变为一种无处不美、无时不美、无事不美的社会现象，并逐步成为大家的行动自觉。

多年来，一批批"最美浙江人"给社会带来了感动、给浙江带来了荣誉，成为浙江大地一道亮丽风景线。他们弘扬践行真善美，以实际行动回答了"人生是为了什么"这一命题，揭示了人生的真谛；他们勤勉敬业、奋发进取，以实际行动展示了新时代浙江人的形象，展现了奋进的风采；他们心中始终装着国家、社会、他人，默默付出、无私奉献，以实际行动彰显了奉献的崇高；他们把简单的事做得不简单，把平凡的事做到不平凡，以实际行动诠释了平凡的伟大，是全社会学习的榜样。

每年"最美浙江人"评选后，浙江省委、省政府主要领导第一时间看望"最美"典型，几乎成了惯例。这让人们感慨，崇尚英雄才会产生英雄。

文化礼堂，精神家园

福字挂起来、锣鼓敲起来、舞蹈跳起来，全省 11 市 30 多个文化礼堂的 300 多名演员轮番登台，歌舞、戏曲、杂技等节目接连上演……

2025 年 1 月 22 日晚，由浙江省委宣传部、浙江广播电视集团等共同主办的浙江省农村文化礼堂"我们的村晚"省主场活动在海宁市盐官镇桃园村文化礼堂举行。

自 2015 年举办首届以来，浙江省农村文化礼堂"我们的村晚"从盆景到风景，烹制出了一桌充满乡土风情和浓浓年味的文化大餐，逐渐成了浙江农民群众过年的新年俗。

农民"村晚"办在文化礼堂，这是具有浙江辨识度和全国影响力的乡村文化品牌。

杭州天目山脚下，临安区板桥镇上田村远近闻名。早年，这里是个典型的落后村，村民因为尚武、好斗而出名，村里如同"一盘散沙"。

几经摸索，上田村于 2012 年建起了一座文化礼堂，这也是浙江省第一家农村文化礼堂。

村里把武术、舞蹈、书法等文化基因拾掇起来，引导村民将精力用在武术队、舞蹈队等文化活动上，久而久之，上田村发展面貌焕然一新。

传承乡村文脉、丰盈农民精神，一座村里的文化礼堂作用几何？

临安区太湖源镇光辉村也将一座旧礼堂进行翻新改造成了文化礼堂，又在村委会专门设立了天目学堂，让村民集会、开展文艺活动和学习培训有了好去处。

同时，这个村在礼堂四周设置村史廊、民风廊、励志廊、成就廊、艺术廊。以往只"低调"记载在村志、族谱中的村庄沿革、文脉传承、贤人逸事、历史成就等，被图文并茂地呈现在村民面前。

经过大量调查研究，临安创新开展了农村文化礼堂建设，逐步形成了以"二堂"（礼堂、学堂）和"五廊"（村史廊、民风廊、励志廊、成就廊、艺术廊）为基本配置，集思想道德、文明礼仪、文体娱乐、知识技能普及于一体的农村文化礼堂建设模式，并向全市推广。

党的十八大报告鲜明指出，文化是民族的血脉，是人民的精神家园。结合顶层设计与基层实践，浙江对乡村文化建设的思考，围绕农村文化礼堂，逐渐找到了发力方向。

2013年，浙江省以"文化礼堂、精神家园"为主题，在全省展开农村文化礼堂建设，以此作为新时代农民群众开展文化活动、丰富精神家园的阵地。

浙江将农村文化礼堂定位为农民精神家园，进一步规范农村文化礼堂的目标定位、建设标准、功能作用等，并先后出台《关于推进农村文化礼堂长效机制建设的意见》《浙江省农村文化礼堂建设实施纲要（2018—2022

松阳县赤寿乡梧桐口村文化礼堂（陈建辉 摄）

年）》等文件，把其作为文化民生实事扎实推进……

截至 2022 年底，浙江累计建成 20511 家农村文化礼堂，实现了 500 人以上行政村全覆盖。

浙江经验得到了高度肯定。2019 年中央一号文件指出，支持建设文化礼堂；2022 年中央一号文件提出，支持农民自发组织开展村歌、"村晚"、趣味运动会等活动。

中国式现代化的本质，是人的现代化。一座农村文化礼堂，丰富农民生活、丰盈农民精神，发挥出以文化人的重要功能。

不仅有文化礼堂，浙江新时代文明实践中心建设同样触达最基层，打通了贴近群众、服务群众、引导群众的"最后一公里"。

2025 年春节期间，浙江诸暨"我在新时代文明实践中心过大年"活动现场氛围浓厚。

当天一大早，"暨阳益家人"志愿服务队的成员们就来到了活动室，紧锣密鼓地进行场地布置、食材准备和游戏道具的整理。

"这里布置得很喜庆，活动也很丰富。"制作七彩汤圆、串糖葫芦、DIY新春摆件、拓印非遗福字……暨阳街道江新、梁家埠、苎萝古村3个社区的居民第一次参加这样的活动，感受到了邻里乡亲的温暖。

作为"枫桥经验"发源地的浙江诸暨，在推进新时代文明实践中心建设中，用好"枫桥经验"，走好群众路线，努力探索有活力、可持续的文明实践之路。

位于爱心主题文化公园、占地2800平方米的诸暨新时代文明实践中心，与当地志愿服务中心、社会组织党群服务中心、社会组织服务中心合署办公。作为全市新时代文明实践工作的"指挥部"，该中心负责统筹、协调、联络、督促全市文明实践工作。

从"单打独斗"到"抱团发展"，文明实践中心里集成服务的种类变多了、规模扩大了，满足了群众多元化需求。

2018年7月，中央全面深化改革委员会第三次会议审议通过《关于建设新时代文明实践中心试点工作的指导意见》，部署以县域为整体开展新时代文明实践中心试点。作为首批试点省之一，浙江展开全域推进工作，让文明新风吹到群众心坎上。

在建设架构上，浙江对应"县、乡镇（街道）、村（社区）"三级贯通打造了新时代文明实践中心、新时代文明实践所、新时代文明实践站。同时，借力"两新"组织、爱国主义教育基地、公共文化场所、文明单位等又延伸设立了实践点（基地），不断丰富文明实践阵地地图。

鲁迅故里社区位于绍兴古城核心区域，辖区内有全国 AAAAA 级旅游景区鲁迅故里，以及诸多历史人文印记。但与此同时，社区所辖区域内商户多、老房子多、人口密集，游客乱停车、杂物乱堆放等问题频现。

依托新时代文明实践户心建设，社区干部、党员、共建单位工作人员等组建了"孺子牛"文明实践志愿服务队、巾帼志愿服务队、守护家园志愿服务队等，引导商户居民共同参与、守望相助，维护和美家园。

"热风"驿站、"孺子牛"文明实践志愿服务队、"一件小事"调解室（谈心谈话室）、"南腔北调"文化活动室、"朝花夕拾"书房……这些名字取自鲁迅先生同名文集或文章的新时代文明实践志愿服务阵地，秉承"孺子牛"精神，全力打造和谐文明幸福社区。

从城市到乡村，从山区到海岛，从线下到线上，浙江省累计建成 5 万多个新时代文明实践中心（所、站、点），它们成为省域基层文化服务供给的重要载体。

艺术乡建，百姓美学

安吉，麦田边荡着秋千品咖啡；松阳，山村木屋里看古典艺术展；玉环，五彩颜料涂满渔村石头房；天台，乡村美术馆中鉴赏国际流行色……这是乡间朴素的日子，飘荡着人间烟火，又浸润着诗意风光。

"千万工程"实施20多年来，浙江艺术家和社会文艺力量自发、自觉地参与乡村建设，涌现出众多艺术助力乡村振兴的先行探索案例。

建设共同富裕示范区，重点在农村，难点在农村。2021年以来，浙江省文联率先在全国探索全省域开展"艺术乡建"工作，用文艺方式激活乡村资源，赋能乡村产业，美化乡村环境，引领乡村文明，促进乡村治理，推动农村实现物质富

松阳山村木屋里的艺术展（毛进军　摄）

裕、精神富有。如今,"艺术乡建"已探索出了一条富有"文艺范""浙江味"的乡村振兴之路。浙江全省域开展"艺术乡建"的创新实践,得到群众的支持赞誉。

向日葵花开时节,在台州市天台县后岸村,来自城里的艺术家与村里的乡野艺术家一起,共同成立了一个乡村艺术集群——后岸艺术部落。

后岸艺术部落由赵宗彪、王寒、陈建华、陈红军、林智伟5位艺术家共同发起,涵盖了油画、木刻、摄影、创意写作等不同的艺术门类。部落成员中,既有来自上海、杭州两个城市的艺术家,也有在这块田野上成长起来的草根艺术家。

作为发起人的5位艺术家来自不同领域,却有着相同的艺术追求和乡土情结。他们想用艺术的力量,激发对乡村文化的无限遐想。

《无鲜勿落饭》《台州有意思》……作为中国作家协会会员、浙江省摄影家协会会员,王寒游历过50多个国家,出版著作20余部,作品上榜各大好书榜。作为后岸艺术部落的主发起人,她认为扎根大地的艺术才有生命力,扎根大地的艺术家才有永恒的创造力。不同门类的艺术家在一起,能够产生碰撞和交流,彼此激励,互通有无。

后岸艺术部落的成立,吹响了艺术的集结号,吸引了更多的艺术家投身到"艺术乡建"中。

很多现代人心里,都装着一个"田园梦"。在他们眼中,重返乡村,是人生的归途,也是艺术的源头。

后岸美术馆落地时,轰动了十里八乡。人们赶集一样来到这个乡村的新生事物面前,打算一探究竟。馆里活动很多,"寒山聚艺——首届绘画艺术迎春作品展""艺绘天台——70油画公社写生采风创作作品展""山水和合·共富天台——2024长三角高校乡村振兴联合毕业设计展"等，吸引了大批美术爱好者和游客"打卡"观展，也让村民"零距离"地接触到高雅艺术。

"艺术乡建"，就是要在空间重构中留住乡土味。当下，后岸村"乡村＋艺术"的朋友圈正在不断扩大，它和周边6个村庄合作，整合茶文化基地等新的文化资源，为游客提供多元化文旅体验。2024年国庆假期，由7个村庄联合打造的寒山景区正式开业，景区以唐朝诗僧寒山崇尚的隐逸文化为主题，日均游客量超1500人次。

浙江的"艺术乡建"已基本告别政府主导、艺术家为主角、村民当观

2024年11月4日，后岸艺术部落的8位艺术家走进乡村小学，与天台县街头镇中心小学的师生共同开启"和合文化艺术嘉年华"，并向学校捐赠了各自的艺术作品（图源：后岸艺术部落）

众的阶段，而是努力实现"政府—企业—艺术家或学者—村民"的多元主体发展，打破"被动"的"艺术乡建"状态，提升村民参与"艺术乡建"的能力，为乡村文化振兴奠定雄厚的群众基础，助推乡村文化主体成长。

12名来自遂昌县躬耕书院音乐筑梦班的孩子没想到，能登上杭州第19届亚运会开幕式的舞台；松阳县三都乡松庄村77岁的叶金娟没想到，打小没有摸过画笔，晚年却能画出一幅幅"上得了厅堂"的画；松阳县叶村乡横坑村村民叶世利没想到，可以在家门口逛艺术展，享受一场场视觉和文化的盛宴……这些令人惊喜的"没想到"，正是浙江"艺术乡建"工作深入实施的成果，乡村焕发出了新的生机和活力。

自2021年起连续4年，浙江在全省文联系统部署推进"艺术乡建"，组织实施"七大行动"，推动从启动试点向扩面提质迈进。"艺术乡建"工作得到浙江省委高度重视，被写入省委十五届三次、四次全会文件，被纳入省营商环境优化提升"一号改革工程"，省委宣传部联合省乡村振兴局、省文联出台《关于开展"艺术乡建"助力共同富裕的指导意见》，将"艺术乡建"纳入全省人文乡村建设六大工程。国家发展改革委等部门也发文支持浙江建设"艺术乡建"全国先行示范。

截至2024年底，浙江共培育81个省级"艺术乡建"特色村、520个市级特色村，推选出25位"艺术乡建"带头人、19个"艺术乡建"典型案例，争取到2025年底建成百个以上省级示范村和千个以上市级示范村，形成"千村千面""万村万象"的多彩景象。

根据山区、平原、海岛农村实际情况，浙江深入挖掘乡村历史文脉、文化名人、民间艺术、非遗传承等资源，推动全省11个设区市和90个县

（市、区）文联打造"一会一品、一地一品、一村一品"特色品牌。

立足"万年上山、五千年良渚、千年宋韵、百年红船"深厚文化底蕴，依托浙江众多中国传统村落和省历史文化（传统）村落等独特资源，积极推动以文艺因子激活乡村资源，让传统文化与现代艺术在乡村交融，焕发出新时代独特魅力。

"艺术乡建"成为打通城乡要素资源的"连接桥"。

一方面，乡村广袤大地，是文艺创作的大舞台。浙江将"艺术乡建"作为文艺工作者深入生活、扎根人民的重要途径，做好"深扎"文章，创新推出文艺家协会结对、文艺村长、艺术家驻村及乡村艺校等工作模式，实现艺术家与乡村之间供需精准对接。

同时，浙江广泛发动"文艺两新"参与"艺术乡建"，"艺术乡建"带头人中，"文艺两新"占比达36%。采取培育创建中国文联"文艺两新"集聚区实践基地，开展认定首批浙江省"文艺两新"集聚地，推动设区市成立"文艺两新"行业组织等手段，引导更多"文艺两新"投身"艺术乡建"。

另一方面，"艺术乡建"积极助力文化特派员制度。首批百名文化特派员中，省文联推荐入选19人，充分彰显了文艺界对加强基层文化建设的饱满热情和使命担当。印发《关于做好文化特派员选派期间支持保障工作的通知》，推动省级文艺家协会当好文化特派员的"大后方"。结合实施"艺心惠民"实事工程，充分利用会员人才优势，将更多优质文艺资源配置到基层。深入开展"文化特派团"工作，开展项目策划辅导培训、节目编排等活动，让基层文艺人才有更大的提升发展空间。

"艺术乡建"作为乡村文化与现代艺术结合的产物，从物质空间与文化

场景的层面塑造乡村，对实现乡村振兴具有重要意义。

　　在"艺术乡建"推进过程中，浙江注重将艺术融入乡村、融入生活，激发乡村"自我造血"功能，打造共同富裕精神家园。比如，通过"文艺进万家"志愿服务、山区 26 县文联"结对提升"工程、"艺心惠民"实事工程、"浙风十礼　艺路同行"山区县巡演文艺活动等方式，协同相关部门和院团高校等，举办慰问演出、辅导培训、展览展示、文艺支教等 3 万余场次，直接服务基层群众 1200 余万人，培养了一批乡村文艺骨干和"艺术乡建"带头人。

城市书房，书香浙江

这并非一家普通的书店，而是温馨静谧的城市书房，是孩子们下课后的免费寄读点，是承载无数读者阅读记忆的"白月光"，"理想中的图书馆就应该是这个样子"。

2024年4月，第二届全民阅读大会期间，位于杭州西湖区的晓风书屋体育场路店，获得"年度最美书店"的称号。

创建于1996年的晓风书屋，以书为媒，以书结缘，主营人文、社科类图书，努力寻觅各种优质文化资源，以专业的眼光和选书标准，为读者推荐好书，打造一座读书人的精神家园。

在不少社区、校园、医院、博物馆、景区，晓风书屋成为公共设施配套的一部分，向大家提供更多的公共阅读空间，吸引更多读书人的到来。目前，晓风拥有24家社区、博物馆、校园、医院、景区等不同类型的书店，1个面向全省的有10万品种的物流中心。

对于晓风书屋主理人朱钰芳来说，投入时间精力最多的，除了优选书籍，还有各类书友活动。她通过专题讲座、文化展览、阅读分享会等方式

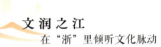

推动阅读，来唤起更多人对阅读的兴趣，以实现传播文化的理想。

据不完全统计，成立近 30 年来，晓风书屋累计举办各类活动 6000 余场，参加阅读活动的人数约 2000 万人次。仅 2022 年，晓风书屋就举办各类书友活动 120 余场，参与阅读活动的读者超过 13 万人次。通过晓风移动书摊，晓风书屋走出店堂，深入 90 多个企业、政府机关、学校、社区，开展送书上门服务 2000 余次。同时，晓风书屋还组织面向山区和希望小学的爱心捐赠活动，累计捐赠图书超过 20 万册；为提倡绿色护家园，自 2003 年起，累计向读者和各界群众派送出环保书袋 15 万个……

在坚持不懈地传播文化理想的努力下，如今的晓风书屋已成为杭州读书人的理想书房、浙江文化的一张名片和文化地标。

杭州大运河畔的晓风书屋（图源：晓风书屋）

这些年，书店的形态有了很多变化，从最初单纯看书、买书的地方，变成现在"书店＋"的复合模式。位于体育场路的晓风书屋总店，因邻近保俶塔实验学校，旁边有糕点店，书店自身又在本来不大的空间里辟了一大块休息区，于是不少放学等父母下班的孩子就来书店里写作业。铅笔写字的沙沙声、橘色的台灯、安静的书桌，成为这座城市最温馨的场景。

在晓风书屋创始人姜爱军看来，这是家庭的一种延伸，也是书店的一份荣耀。

他说，有时大家在这里看书久了会饿，可以去边上买一点吃的垫垫。休息区可以休息，也可以坐下来愉快读书。至于幼儿托管，是因为他的大女儿晓风、小女儿小澍以前幼儿园放学时，夫妻俩还在书店忙，孩子没地方去，只好接到书店来，于是便辟了一块儿童阅读、作业、游玩区域。慢慢地，别的家长也把孩子放到这里来，等到下班再来接走。"其实都是我们自己的爱好和需求。"

"我们希望每家店都和书店所在的环境是一种共生共长的状态，而不只是一个空间。"姜爱军又谈到中国丝绸博物馆内的晓风书屋，因为他是学丝绸印染专业的，太太学建筑，对产品有天然的情感，所以那家店会做很多文创类的产品。而西湖边曙光路上的晓风新店，与西湖夜骑、夜跑爱好者一块，以温暖的"小橘灯"点亮热爱，成为骑友、跑友、书友们的加油站。

遍布浙江大地的各种类型的城市书房，像是一朵朵别在城市胸襟上的小红花。

谈及城市书房，不得不提到这一创新事物的诞生地——以创新创业著称的浙南重镇温州。

夜色渐深，城市璀璨的灯光次第熄灭。凌晨时分，温州城区一座城市书房内，一盏橘黄色的台灯照亮了一本打开的书，灯光透过橱窗，成为街头的温暖风景。

2014 年，全国首家城市书房——县前城市书房在温州诞生。随后城市书房在这方热土生根发芽，成长壮大，并以星火燎原之势，在全国遍地开花。

24 小时全天候开放，无人值守，面向所有人群免费借阅。这些老百姓家门口的书房，不仅是温州一个温暖的文化符号，也成为温州新的城市文化地标。

温州城市书房打破原有城市公共文化空间建筑"大而全"的常规格局，突出"小而精"，充分考虑人口密集度、交通便利性、服务半径等因素，网格化嵌入式布点。如今，156 家城市书房分布在温州城乡人流密集的社区、创意园区、企事业单位、商汤、公园等地。

转角有书香，城市书房如今已成为温州一道独特的人文风景。不少人因为城市书房，喜欢上这座有温度的城市。

书房无人值守、共建共享的独特模式，成为检验市民诚信精神的"试验场"、提升文明素养的"流水线"。

一位年逾古稀的老人，每天准时来到书房做志愿者，规劝读者不带吃食入内，以维护书房环境。为了做好工作，大字不识的他还在 A4 纸上画上书架，标上 A—Z，以记清图书摆放的位置。

一位安徽籍新温州人多年来将城市书房当成家，仅有小学文凭的他管理着 4.3 万多册图书，之前需要 6 个人做的事，如今全由他一人来解决。

一位热心市民虽因车祸伤了腿，却每天早上五点半准时挂着拐杖来到城市书房，花费 3 个小时扫地、拖地、理书、抹桌。他说，这里像是第二个家，如果脏了乱了，会心疼……

在五马城市书房，一位母亲将一张字条和包好的 35 元钱放在书柜上，字条上写道："我的小孩把书撕坏了，现已补好并按原价进行赔偿，对不起！"

书房不仅给市民带来家庭的温馨感，更是文化阵地建设的关键、都市人心灵的港湾。

星星之火，可以燎原。

遍及浙江的职工书屋、社区书吧等，星星点点，灵活嵌入群众生活，是浙江文化事业的又一重要载体。

职工书屋是各基层工会保障职工基本文化权益，丰富职工精神文化生活的重要阵地。

国企浙江省能源集团有限公司（以下简称"浙能集团"）共创建了 47 家职工书屋，它们遍布全省各地，甚至远至安徽、新疆。其中 7 家被全国总工会评为国家级职工书屋，5 家获评省级职工书屋。

"我每逢中班都会来职工书屋，因为才入职 1 年，我一般是看一些专业方面的书籍，其实我还蛮喜欢文学类书籍的，也参加了书屋举办的多个文化活动。"一名浙能员工如是说。

2022 年 6 月，浙能集团"工匠书坊"揭牌，"No.1 浙能工匠漂流书架"活动同时启动，提倡员工"请带一本书来，换一本书走"。书籍的流动赋予文化传播新的时代内涵，唤起职工读书热情，传递诚信与责任。浙能集团以书为媒，依托工匠书坊，让阅读延续、让思想交流，进一步弘扬劳模精

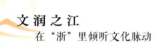
神、劳动精神、工匠精神,为奋进新征程增添强大思想动力。截至 2024 年底,已建成浙能工匠漂流书架 19 个。

"工匠书坊提醒我们,作为新时代的青年,不应忘记昨日的苦难,不应辜负明日的梦想。"

"工匠书坊、漂流书架为一线职工提供文化服务,助力能源之光熠熠生辉,文体之美灼灼动人。"

职工的强烈需求,是推动书坊得以持续发展的动力。

工匠书坊建好,更要庄好。浙能集团为此开展了"悦"月读、读书分享会、阅读沙龙、以旧换新等活动,促进职工沟通交流。同时,各单位书屋建设又各有风格,凤台发电"墨香斋"、阿克苏热电"浙屋苏香"等职工

浙能集团已创建 47 家职工书屋,其中 7 家获评国家级职工书屋。图为职工们在书屋开展读书分享会(图源:浙能集团)

浙江农商联合银行职工书屋拥有 2000 余册书籍，是员工休闲放松的首选地、充电学习的"打卡"地，获评全国总工会重点建设职工书屋、全国便利型职工阅读站点（图源：浙江农商联合银行）

书屋取名典雅，布置精巧。如今的浙能工匠书坊已成为红色引领的"新阵地"、职工成长的"自习室"、文艺作品的"孵化所"，实现了设施设备现代化、智能化迭代，书屋服务及时性有效提升，书籍种类书目不断完善，激发了职工读书热情，让职工在温暖安逸的环境中享受阅读、爱上阅读。

　　不同于浙能集团的内部运营和自我管理，浙江农商联合银行职工书屋采取的是另一种模式——与知名的晓风书屋合作，及时更新书目，实现图书资源共享，提高书籍品位与文化层次。这家书屋拥有社会科学、经济哲学等 6 大板块的书籍，是员工休闲放松的首选目的地、充电学习的必到"打卡"地和企业文化形象展示的"网红"书屋，获评全国总工会重点建设职工书屋、全国便利型职工阅读站点。

出版统筹：林青松　陈　云

责任编辑：朱丽莎　盛　洁　方　妍
选题策划：陈　云　朱丽莎
文字编辑：徐意棋
装帧设计：浙信文化
责任校对：高余朵　王君美
责任印制：陈震宇

图书在版编目（CIP）数据

文润之江 ： 在"浙"里倾听文化脉动 / 何玲玲，王
俊禄，方问禹著. -- 杭州 ： 浙江摄影出版社，2024.
12. -- ISBN 978-7-5514-5231-1

Ⅰ．Ⅰ25

中国国家版本馆CIP数据核字第2024UY2173号

WEN RUN ZHIJIANG
ZAI "ZHE" LI QINGTING WENHUA MAIDONG

文润之江
在"浙"里倾听文化脉动

何玲玲　王俊禄　方问禹　著

全国百佳图书出版单位
浙江摄影出版社出版发行

　　　地址：杭州市环城北路 177 号
　　　邮编：310005
　　　电话：0571-85151082
　　　网址：www.photo.zjcb.com
制版：杭州浙信文化传播有限公司
印刷：浙江海虹彩色印务有限公司
开本：710mm×1000mm　1/16
印张：14.75
字数：210 千
2025 年 3 月第 1 版　2025 年 3 月第 1 次印刷
ISBN 978-7-5514-5231-1
定价：68.00 元